Atropos
Partie I

Eleftheria

William Debrock

ATROPOS
ELEFTHERIA

Théâtre

A Agathe, sans qui le pari fou d'Atropos n'aurait pas existé.
Et pour tout le reste.

Atropos : Eleftheria est une expérience unique. Afin de plonger complètement dans l'univers, rendez-vous sur YouTube ainsi que sur les plateformes de streaming pour découvrir l'album du même nom, composé par Elta Rosel.

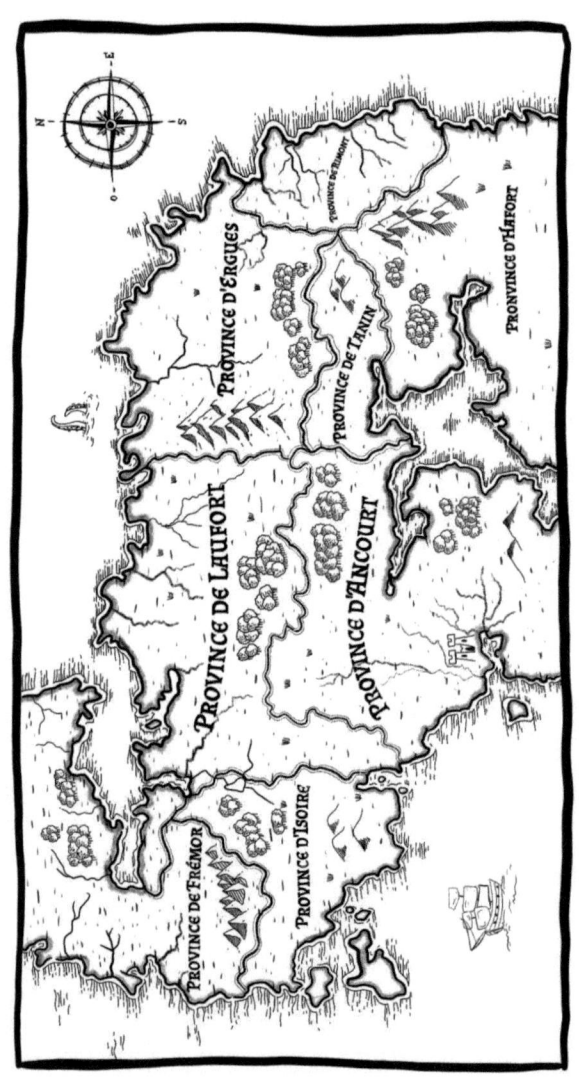

Distribution

<u>Rôles principaux :</u>

Neven de Carran, *Capitaine de l'Eleftheria*
Philippa, *fille du Roi*
Amalric, *Capitaine de navire marchand*
Le Roi
Ermeline, *confidente de Philippa*
Martin, *second de Neven*
Geoffroy, *Capitaine de navire marchand*
Arnaud, *Capitaine de navire marchand*
Frédéric, *Capitaine de navire marchand*

<u>Rôles secondaires :</u>

Les prétendants
L'espion
Armand, *un serviteur*
L'intendant

Le bourreau
Les marins
Les gardes

ACTE I

SCÈNE 1

Philippa, Armand, Ermeline, le Roi.
Port-Roy, province d'Ancourt.
Chambre de Philippa.

Entre Armand.

ARMAND
Votre Altesse.

PHILIPPA
Bonjour Armand.

ARMAND
Sa Majesté votre père souhaiterait s'entretenir avec vous.

PHILIPPA
À quel sujet ?

ARMAND
Madame, il ne m'a point fait la gentillesse de m'en toucher le mot.

PHILIPPA
Peu importe. Je sais pertinemment de quoi il retourne. Allez donc trouver mon père et indiquez-lui que je ne souhaite point avoir une nouvelle fois cette discussion avec lui.

ARMAND
Mais...

PHILIPPA
Allez lui transmettre ce que je viens de vous dire. Je souhaite rester seule.

ARMAND
Bien Madame.

Armand sort de scène. Entre Ermeline.

ERMELINE
Madame ?

PHILIPPA
Je t'en prie, laisse-moi seule.

Ermeline hoche la tête et recule.

PHILIPPA
Non, attends.

ERMELINE
Je puis me retirer et vous laisser seule à vos pensées si vous le souhaitez. Je ne voudrais pas m'imposer.

PHILIPPA
Je ne sais pas. Excuse-moi.

ERMELINE
Ce qui vous tourmente a-t-il un rapport avec ce que vous m'avez confié il y a quelques jours ?

PHILIPPA
Malheureusement, oui.

ERMELINE
Puis-je vous aider ? Peut-être que si vous alliez dévoiler vos sentiments plus intimes à Sa Majesté, il...

PHILIPPA
Non, Ermeline. Mon père ne veut pas entendre ce que j'ai sur le cœur, et ne semble pas enclin à comprendre que je ne souhaite pas que l'on décide à ma place. Je ne veux plus entendre ses reproches, affirmant que mon arrogance ne lui fera point plier le genou. Je préfère ne plus en parler.

ERMELINE

Bien Madame. Je suis à votre disposition si vous souhaitez vous confier de nouveau.

PHILIPPA

Je te remercie, mais je crois que cela ira pour le moment.

ERMELINE

Je retourne à mes travaux.

PHILIPPA

Va.

Philippa va s'asseoir dans un coin de la scène, pensive. Paraît le Roi.

LE ROI

Je me doutais que je te trouverais ici.

Philippa ne répond pas.

LE ROI

Je suis fortement désemparé que tu ne sois pas venue lorsque je t'ai envoyé chercher.

Silence.

LE ROI

Es-tu obligée de te terrer comme cela dans le silence chaque fois que je t'adresse la parole ?

Nouveau silence.

LE ROI

Philippa, réponds-moi !

PHILIPPA

Peut-être vous répondrais-je le jour où vous saurez porter une oreille à ce que je vous dis, père.

LE ROI

Cesse donc de jouer la barbare avec moi.

PHILIPPA

Vous n'aviez pas encore utilisé ce mot envers moi. Je vois que votre considération pour ma personne n'a pas évolué.

LE ROI

Philippa... Essaie de comprendre ton père. Cela fait des semaines que tes prétendants ont paru au château. Tu es en âge de te marier, mais surtout d'assurer ma descendance. Retire ce regard provocateur de ton visage. Tu es ma fille unique. Il t'incombe de faire en sorte qu'un fils prenne ma place sur le trône à ma mort. Tu ne peux repousser éternellement tes obligations ! Il m'est déjà difficile de me trouver dans cette situation, alors tâche de ne pas la rendre encore plus compliquée qu'elle ne l'est !

PHILIPPA

Je suis navrée, père. Peut-être auriez-vous préféré avoir un garçon plutôt que moi. J'en suis parfaitement désolée. Mais, croyez bien que si j'en avais eu le choix, j'aurais choisi de naître du sexe opposé, ne serait-ce que pour m'épargner vos discours !

LE ROI

Cela suffit ! Surveille ton langage ! Ou bien...

PHILIPPA

Ou bien quoi, votre Majesté ? Vous l'avez dit vous-même : sans moi, vous n'aurez pas de descendance. Veillez donc à faire attention à la façon dont vous vous adressez à moi. Ou je pourrais bien être tentée de fuir votre pays. Vous n'auriez alors plus l'assurance que mon fils prendra votre suite.

Le Roi, en colère, ne répond pas.

PHILIPPA

Je ne désire épouser aucun des prétendants que vous avez pu me présenter jusqu'à aujourd'hui. Vous souhaitez me forcer à un mariage pour votre propre intérêt. Ne croyez-vous donc plus en l'amour depuis le décès de mère ?

LE ROI
Je t'interdis d'utiliser ta mère pour justifier ton
comportement !

PHILIPPA
Vous l'aimiez pourtant, n'est-ce pas ? Pourquoi auriez-vous
eu le droit à un mariage d'amour, et non moi ?

LE ROI
Nous n'avons pas le temps d'attendre que tu tombes
amoureuse. Tu sauras développer un certain attachement
pour ton époux avec le temps.

PHILIPPA
Je refuse.

LE ROI
Alors, il me faudra employer la manière forte contre toi. J'ai
été patient, Philippa, mais tu ne me laisses pas le choix.

PHILIPPA
Me menacez-vous ?

LE ROI
Je ne fais que rappeler à ma fille que je ne suis pas encore
suffisamment âgé pour qu'elle se permette de me tenir tête
de la sorte. Dans trois jours, de nouveaux prétendants

viendront au château. Tu seras priée de choisir celui que tu épouseras. Dans le cas contraire...

PHILIPPA
Je vous ai dit que je ne le ferai pas.

LE ROI
Dans le cas contraire, tu me donneras cet héritier, que tu le veuilles ou non.

PHILIPPA
Comment comptez-vous vous y prendre ?

LE ROI
L'aile Est de ce château fera l'affaire.

PHILIPPA
Vous n'y songez pas ?

LE ROI
T'ai-je déjà menti ?

PHILIPPA
Père... Vous ne pouvez pas me jeter dans les cachots ! Vous n'imaginez pas ce que vous...

LE ROI
Silence !

Philippa se fige.

LE ROI

Je ne me répéterai pas, alors sois bien attentive à ce que je vais te dire. Tu vas choisir un des prétendants que je te présenterai, ou je n'aurai aucun scrupule à faire de l'aile Est tes nouveaux quartiers. Continue à te croire plus maligne que moi et je peux te promettre que je ferai de ta vie un enfer.

PHILIPPA

Vos menaces ne marchent pas sur moi. Elles n'ont jamais eu l'effet que vous souhaitiez.

LE ROI

Peut-être préfères-tu que je m'assure aussi que l'homme que je te choisirai pour époux te donne bien un fils.

Silence.

LE ROI

Tu m'appartiens, Philippa. Tu m'as toujours appartenu. Je disposerai de tout ce dont j'aurai besoin pour que tu me donnes cet enfant.

PHILIPPA

Jamais vous n'aurez mon âme.

LE ROI

Je n'ai que faire de ton âme. Seul ton corps représente un intérêt.

PHILIPPA

Vous rendez-vous compte de ce que vous annoncez ici à votre propre fille ? N'avez-vous donc aucun honneur ? Aucune once de compassion ? Dois-je entendre de votre voix, de la voix de mon père, que vous ne ferez de mon corps rien d'autre qu'un sac de chair pour arriver à vos fins ?

Le Roi attrape Philippa à la gorge.

LE ROI

Rappelle-toi qui est le Roi et qui prend les décisions ici.

Il lâche le cou de sa fille, qui reprend difficilement sa respiration.

LE ROI

Réfléchis bien à mes conditions et tâches de faire un choix qui nous conviendra à tous deux.

Le Roi sort, laissant Philippa seule. Elle reste un long moment debout, sans bouger, puis tombe à genoux.

SCÈNE 2

Neven, Martin, Amalric, des marins.
Port-Roy, province d'Ancourt.
Port.

Un navire accoste. Une figure en tenue de Capitaine pose le pied sur scène.

MARTIN
Capitaine, la cargaison est prête à être mise à quai, que devons-nous faire ?

NEVEN
Bien. Préparez la livraison des quinze barils de notre premier client. Gardez le reste pour notre future affaire.

MARTIN
Bien Capitaine !

Des marins paraissent sur scène.

NEVEN

Martin ! Que t'ai-je dit à propos du déchargement ?

MARTIN

Vous ne voulez pas que l'on cogne les tonneaux contre le navire.

NEVEN

Alors tâche de ne pas recommencer, suis-je clair ?

MARTIN

Oui Capitaine. C'était une erreur.

Martin sort de scène. Entre Amalric.

AMALRIC

Neven !

Neven lève la tête. Amalric l'approche et lui donne une accolade.

AMALRIC

Comment allez-vous mon ami ?

NEVEN

Je ne suis pas votre ami. Tâchez de ne pas m'importuner davantage avec vos grandes accolades.

AMALRIC
(riant)
Vous êtes toujours aussi comique !

NEVEN
Que puis-je faire pour vous ?

AMALRIC
Rien, rien. J'ai appris votre arrivée il y a quelques jours.
Comme j'ai moi-même accosté il y a peu, je voulais vous
convier à boire un ou deux verres !

NEVEN
Amalric. La dernière fois que nous sommes allés boire
ensemble à la taverne, vous avez essayé de faire voler ma
cargaison pour la revendre en votre nom. Vous attendrez
donc que j'aie envoyé toute cette commande chez mon client
et fait sécuriser le reste avant que vous ne m'offriez cette
bière.

AMALRIC
Où livrez-vous donc ces barils ?

NEVEN
Les premiers se rendent chez un Seigneur nommé Ulfric, et
les seconds s'en vont au domaine de Sa Majesté dès demain.

AMALRIC

Vous livrez donc le Roi.

NEVEN

Cela vous étonne ?

AMALRIC

Je ne doute pas de votre talent en négociation ni de la qualité du vin que vous transportez, mais vous allez certainement vous attirer les foudres des autres marchands. Tout le monde ici sait déjà que quelqu'un fait affaire avec la monarchie. Dès qu'ils apprendront qu'il s'agit de vous, il vous faudra être prudent !

NEVEN

Oh, vous savez, je n'ai que faire des avis de ces messieurs.

AMALRIC

Vous avez tort. Vous êtes un jeune marin, beaucoup de vieux loups de mer n'ont jamais réussi à livrer le Roi. Et la frustration fait faire des choses aux hommes sans que l'on puisse le prévoir.

NEVEN

Je vous prierai de ne pas me qualifier de jeune marin. Ai-je vraiment besoin de vous rappeler que ce bâtiment m'appartient et que j'en suis, de fait, seul maître à bord ? Apprécieriez-vous que je vous qualifie de la sorte ?

AMALRIC

Pardonnez cette erreur de vocabulaire camarade. Mais, il faut dire qu'avec votre voix, vous ne faites pas vieux.

NEVEN

Peu importe. Bien ! Tout est en ordre de mon côté, vous pouvez m'offrir cette bière. Martin !

Martin reparaît.

MARTIN

Capitaine ?

NEVEN

Amalric va m'offrir une bière à la taverne. Je te laisse le soin de ranger proprement les tonneaux pour le Roi. Fais en sorte que personne d'autre que les matelots ne s'en approchent. Et assure-toi que les hommes du Capitaine ne traînent pas autour de mon vaisseau.

MARTIN

Bien Capitaine !

AMALRIC

Vous êtes alerte pour peu. Je ne risque pas d'envoyer mes hommes voler votre cargaison une seconde fois.

NEVEN
Je suis ravi d'entendre cela, car il fut fâcheux d'avoir dû en tuer plusieurs la dernière fois. Cela m'ennuie. Nous y allons ?

SCÈNE 3

Neven, Almaric, Philippa.

Port-Roy, province d'Ancourt.
Taverne.

Neven et Amalric boivent un verre, assis à une table.

NEVEN
Je dois dire que cette nouvelle bière est meilleure que la
précédente.

AMALRIC
Vous avez bien raison ! À ce que l'on m'a dit, la fermentation
aurait été différente sur celle-ci.

NEVEN
Alors Amalric, dites-moi, que faites-vous ici ? Vous ne
m'attendiez pas, j'espère ?

AMALRIC
Le jour où je vous attendrai, Neven, sera certainement parce qu'il n'y aura plus de vin dans mes propres réserves !

NEVEN
J'ose l'espérer.

AMALRIC
J'ai dû passer par là avant ma livraison pour régler quelques affaires avec un confrère.

NEVEN
Toujours fourré dans les mauvais plans, hein ?

AMALRIC
Mais et vous alors ? Depuis quand un jeune homme comme vous livre-t-il le Roi ?

NEVEN
Depuis peu. Il semble que Sa Majesté ait entendu beaucoup de bien du vin que je transporte. Je ne m'en plains pas, la prime est très bonne !

AMALRIC
(après avoir jeté un coup d'œil autour de lui)
Approchez-vous.

NEVEN
Je ne mange pas de ce pain-là, camarade.

AMALRIC
Ne soyez pas stupide. Nous avons à parler plus bas.

Alors que leur conversation continue, une jeune femme encapuchonnée entre dans la taverne.

AMALRIC
(bas)
Beaucoup d'hommes ont entendu parler de vous ici et attendent votre arrivée avec impatience pour voir à quoi vous ressemblez. Comme je vous le disais, les autres jalousent que vous livriez la famille royale.

NEVEN
(riant)
Amalric, Amalric. Figurez-vous que je ne suis pas aussi naïf que vous le pensez. Je me doute bien de cela ! Mais la colère des autres marins fait actuellement ma fortune !

AMALRIC
Ne faites pas le fier comme cela. Votre arrogance vous perdra.

NEVEN
Peut-être, mais elle fera de moi un homme riche.

AMALRIC

Je n'ai jamais rencontré un Capitaine aussi étrange que vous.

NEVEN

Je vous remercie.

AMALRIC

Et pour dire, à notre rencontre, j'aurais bien pu croire que vous étiez une femme !

NEVEN

Qu'est-ce qui vous fait dire cela ?

AMALRIC

Votre voix.

NEVEN

Qu'a-t-elle donc, ma voix ?

AMALRIC

Elle est particulièrement raffinée.

NEVEN

Quoi ? Est-ce seulement pour cela ?

AMALRIC

Vous savez ce que l'on dit des personnes aux voix fluettes.

NEVEN
Épargnez-moi vos discours de fond de cale.

AMALRIC
Que ce sont soit des femmes, soit des...

NEVEN
Des ?

AMALRIC
Vous voyez.

NEVEN
Eh bien, vous devez donc être déçu !

AMALRIC
D'où cela vient-il ?

NEVEN
Pourquoi tant de questions sur le sujet ?

AMALRIC
Simple curiosité.

NEVEN
Dans ce cas, je suppose que le fait d'être un homme de lettres avant d'être un marin pourrait constituer une réponse à la hauteur de vos attentes.

AMALRIC
J'ai du mal à vous croire.

NEVEN
Quoi qu'il en soit, je n'aurais certainement pas la même descente que vous si j'étais une femme !

AMALRIC
(riant)
Vous avez bien raison !

NEVEN
Je vous offre la suivante ?

AMALRIC
Je ne suis pas encore suffisamment sur la paille pour accepter.

NEVEN
Laissez-moi vous jeter mon contrat avec le Roi dans la vue en vous offrant cette bière.

AMALRIC
Après tout, vous aurez dès demain plus d'argent que moi, je prends !

Neven se lève et se dirige vers le comptoir. Il rentre malencontreusement dans la femme encapuchonnée, qui semble déboussolée.

NEVEN
Bon sang !

PHILIPPA
Je suis navrée !

NEVEN
Regardez un peu où vous mettez le pied ! La taverne est quand même assez grande pour nous deux !

PHILIPPA
Vraiment, je... Je suis désolée.

AMALRIC
Ce n'est pas une façon de séduire une femme, Neven !

NEVEN
La ferme Amalric ! Vous ne vous êtes pas blessée, au moins ?

PHILIPPA
Non... Je... Je vais bien.

NEVEN
Vous, vous ne devez pas fréquenter régulièrement des lieux comme celui-ci. Vous avez l'air complètement perdue et effrayée cachée sous ce capuchon.

PHILIPPA
Je vais m'en aller.

AMALRIC
Dommage, j'aurais bien aimé voir son joli minois moi !

NEVEN
J'ai dit la ferme Amalric. Allons. Ne faites pas attention à lui, c'est certainement le Capitaine le plus stupide que j'ai rencontré jusqu'à présent.

AMALRIC
Eh !

NEVEN
Mais venez vous asseoir un instant avec nous. Je vous offre une bière ?

PHILIPPA
Je ne peux accepter.

NEVEN
Allons, ne faites pas votre Princesse, venez !

PHILIPPA
Je...

Philippa, terrifiée, regarde la porte.

PHILIPPA
Je dois partir !

Elle sort en courant. Neven continue de regarder dans sa direction.

AMALRIC
Alors là, si je m'y attendais !

NEVEN
Qui était-ce ?

AMALRIC
Jamais vue.

NEVEN
Elle vient régulièrement ici ?

AMALRIC
Écoutez, l'ami, je n'en ai aucune idée et j'ai soif.

Neven sort de ses pensées et va chercher les bières. Il revient s'asseoir et continue à fixer la sortie de la taverne.

AMALRIC
Eh bien alors, Capitaine. Vous êtes attiré par cette jeune fille, on dirait !

NEVEN
Quoi ? Non.

AMALRIC
Allons ! Je sais reconnaître un homme qui a le béguin quand j'en vois un !

NEVEN
Je n'ai pas le béguin pour cette fille. Je la trouve... mystérieuse.

AMALRIC
Je ne vous ai jamais vu avec une dame. Cela m'étonne. Vous êtes beau garçon, beaucoup doivent être à vos pieds.

NEVEN
C'est une perte de temps. Le sentiment est un emprisonnement. Je suis devenu marin pour être libre, pas

pour laisser mon cœur s'ancrer quelque part et m'ôter cette liberté.

AMALRIC
Ma foi, vous n'avez pas tort. Mais dites-moi, comment c'est sur le plan...

NEVEN
J'ai bien plus d'honneur que vous pour en parler, Amalric !

AMALRIC
Vous devriez me suivre au bordel ! Je connais quelques femmes qui seraient ravies de s'occuper de vous contre un peu de ce que vous avez dans votre poche.

NEVEN
Je suis navré pour ces dames, mais je ne suis pas le genre de personne à faire cela.

AMALRIC
Allons, nous l'avons tous déjà fait !

NEVEN
Je dois filer. La première cargaison doit se mettre en marche dans une heure et je dois en faire partie. Ce fut un plaisir !

AMALRIC
Pareillement ! Mais faites un tour au bordel un de ces quatre,
ça vous débridera un peu !

NEVEN
Ne comptez pas là-dessus !

SCÈNE 4

Philippa, Ermeline.
Port-Roy, province d'Ancourt.
Quelque part à proximité du château.

Philippa entre en courant sur scène et s'effondre, épuisée.
Paraît Ermeline, qui se précipite vers elle.

ERMELINE
Madame ! Nous vous cherchons partout depuis des heures !
Que vous est-il arrivé ? Est-ce que tout va bien ?

PHILIPPA
Je vais bien Ermeline. Je me suis égarée.

ERMELINE
Mais vous sentez l'alcool à plein nez ! Où étiez-vous ?

PHILIPPA
À la taverne, j'ai...

ERMELINE

À la taverne ? Avec tous ces paysans sales et ces marins sans
cœur ! Mais vous n'avez pas idée !

PHILIPPA

Je voulais fuir ! Ermeline ! Ne comprends-tu donc pas ? Je ne
veux pas retourner auprès de mon père !

ERMELINE

Mais, Madame ! Vous êtes de sang royal, vous ne pouvez pas
risquer votre vie là-bas ! Et si on vous avait reconnue ? Si on
vous avait touchée, ou bousculée ?

PHILIPPA

C'est arrivé.

ERMELINE

Seigneur ! Qui vous a violentée ? Il faut en référer à votre
père immédiatement !

PHILIPPA

Cesses tes accusations. J'ai perdu l'équilibre. C'est moi qui lui
suis tombée dessus.

ERMELINE

Je ne peux y croire...

PHILIPPA

Il suffit. Tu n'as pas besoin d'en rajouter. J'ai compris que l'extérieur n'est pas fait pour moi. Je suis perdue dans ce monde. Je crains de n'avoir d'autre choix que de rentrer au château.

ERMELINE

Madame, c'est là qu'est votre place. Ce monde est trop cruel pour vous.

PHILIPPA

Et je le regrette. Maintenant je t'en prie, cesses de parler et rentrons.

SCÈNE 5

Philippa, Ermeline, Neven, Martin, des marins.
Port-Roy, province d'Ancourt.
Jardins du château.
Le lendemain.

Phillippa se balade avec Ermeline.

PHILIPPA
Ermeline.

ERMELINE
Oui Madame ?

PHILIPPA
Je te remercie d'avoir menti au Roi sur ce qu'il s'est passé
hier.

ERMELINE
J'ai pensé que cela vous ferait plaisir.

PHILIPPA

Et tu as eu raison. Mon père n'a pas à savoir que j'ai erré comme cela.

ERMELINE

Mais dites-moi, vous ne m'avez pas parlé de la taverne. L'homme que vous avez percuté, comment était-il ? Sale ? Laid ? Saoul ? Grassouillet ?

PHILIPPA

Oh, détrompe-toi ! Il était au contraire très... charmant.

ERMELINE

Charmant, Madame ?

PHILIPPA

Oui, enfin, il n'était ni sale, ni laid, ni saoul ou grassouillet. Bien moins que le seigneur que j'ai rencontré dernièrement et avec qui mon père voulait me marier !

Toutes deux rient. Paraît l'équipage de l'Eleftheria.

MARTIN

Allons messieurs ! Un peu de nerf ! Je n'ai jamais vu de mollusques pareils !

MARIN 1
(à un autre marin)
Tout ce vin qu'on transporte pour les autres et même pas le
droit d'en prendre une goutte !

MARIN 2
Alors ça, à qui le dis-tu ! J'ai doublement plus soif !

PHILIPPA
Qui sont ces hommes ?

ERMELINE
Des marins qui livrent le château. J'ai entendu dire qu'ils
étaient arrivés hier et qu'ils transportent le meilleur vin !

PHILIPPA
Père en a déjà une collection impressionnante dans les
caves.

ERMELINE
Il paraît que celui-là est bien spécial.

PHILIPPA
Si tu le dis.

ERMELINE
Ce n'est pas moi qui le dit Madame, je l'ai entendu. Je n'ai pas
eu la chance de le goûter.

PHILIPPA
Quel travail cela doit être, d'être marin.

ERMELINE
Un travail fort peu raffiné, si vous voulez mon avis. Voyez le
visage de ces hommes. Ils sont usés par le sel.

PHILIPPA
J'aimerais partir sur un navire, un jour.

ERMELINE
Vous n'y pensez pas ! Avec votre teint cristallin, ce serait un
coup à abîmer votre visage !

PHILIPPA
(obnubilée par ce qu'elle voit)
Tu as sans doute raison.

ERMELINE
Souhaiteriez-vous que nous rentrions et que je vous prépare
du thé ?

PHILIPPA
Avec plaisir. Mais pas celui de la dernière fois, il était particulièrement immonde.

ERMELINE
Bien sûr, Madame.

Toutes deux font demi-tour, lorsque la voix de Neven paraît des coulisses.

NEVEN
Pressons messieurs ! Nous n'avons pas de temps pour les bavardages !

MARIN 1 ET 2
Oui Capitaine !

ERMELINE
(voyant que Philippa s'est arrêtée)
Madame ? Que se passe-t-il ?

PHILIPPA
C'est lui.

ERMELINE
Lui ?

PHILIPPA
C'est lui que j'ai renversé hier !

Entre Neven, qui constate l'avancée de la livraison.

NEVEN
Je n'y crois pas, vous n'en êtes que là ? Et comment pensez-vous que je vais expliquer votre incompétence à Sa Majesté ?

MARIN 1
Nous faisons vite, Capitaine !

NEVEN
Pas assez !

MARIN 2
C'est qu'il fait chaud Capitaine !

NEVEN
Et vous ne risquez pas de boire si vous êtes si lents ! Alors remuez-vous !

MARIN 1 ET 2
Oui Capitaine !

Neven regarde dans la direction de Philippa et Ermeline.

NEVEN
Messieurs, je vous prierai de plus d'avoir la décence de
saluer ces dames au lieu de geindre.

Les marins les saluent et se remettent au travail.

NEVEN
Veuillez excuser tout ce grabuge mesdames. Je dirige un
équipage de vrais bras cassés.

PHILIPPA
(précipitamment)
Vous êtes marin ?

NEVEN
(souriant)
Capitaine, Madame. Capitaine de l'Eleftheria.

PHILIPPA
Capitaine...

NEVEN
Excusez-moi de nouveau, je dois livrer ces tonneaux au Roi,
et je ne voudrais pas le faire attendre.

Il sort.

ERMELINE
Madame, vous sentez-vous bien ?

Philippa ne répond pas.

ERMELINE
Madame ?

PHILIPPA
Tout va bien. Rentrons.

SCÈNE 6

Neven, le Roi, Philippa, Martin, les marins.
Port-Roy, province d'Ancourt.
Hall du château.

Entre le Roi. Tous le saluent.

LE ROI
Voici donc le Capitaine de l'Eleftheria.

NEVEN
C'est un honneur de vous rencontrer, votre Majesté.

LE ROI
Allons, relevez-vous. Nous sommes ici pour parler affaires.
On m'a vanté vos mérites, Capitaine. Et par-dessus tout, ceux
de votre cargaison.

NEVEN
Vous ne serez pas déçu, Majesté. Je vous assure que ma
marchandise est à la hauteur de sa réputation.

LE ROI

Bien. J'en suis ravi. Combien de barils m'avez-vous apporté ?

NEVEN

Quarante, monseigneur, comme convenu avec votre intendant. Mais nous en avons le double dans nos cales.

LE ROI

Sachez que si je suis véritablement satisfait, j'aurai plaisir à refaire de nouveau appel à vous.

NEVEN

Mon Roi, c'est là une grande nouvelle pour moi, ainsi que pour mon équipage. Nous en serions honorés.

LE ROI

Voyez les modalités de toute cette opération avec mon intendant. Vous traiterez avec lui.

NEVEN

Bien, monseigneur.

LE ROI

Ce fut un plaisir de vous rencontrer, Capitaine. Je m'en vais goûter tout cela dès à présent. Quand votre navire repart-il ?

NEVEN

Dans quelques jours, Majesté. Nous ferons le plein de vivres et reprendrons la mer.

Entre Philippa.

PHILIPPA

Père, je viens vous parler de demain et je...

Elle s'arrête brusquement à la vue Neven.

LE ROI

Plus tard. Messieurs, je vous présente ma fille, Philippa.

NEVEN

Madame.

PHILIPPA

Ne vous peinez pas aux présentations, père. Nous nous sommes rencontrés tout à l'heure dans les jardins.

LE ROI

Dans ce cas, j'espère que nous aurons le plaisir de vous voir à notre grande fête annuelle en l'honneur de l'anniversaire de ma chère fille. Si toutefois, votre navire n'a pas repris la mer.

NEVEN

Ce serait avec plaisir, votre Majesté.

LE ROI

Bien. Faites livrer un tonneau dans ma salle de réception dès
à présent. Il me tarde de goûter votre vin.

NEVEN

Bien sûr. Martin, dirige nos hommes jusqu'à la salle de
réception de Sa Majesté. Et tâchez d'être rapide.

MARTIN

Bien sûr Capitaine. Allons messieurs, au travail !

Les marins sortent.

NEVEN

Monseigneur. Avant que vous ne nous quittiez, puis-je vous
demander la faveur de joindre votre fille pour une balade ?

Le Roi s'arrête dans sa marche et regarde sa fille.

LE ROI

Faites donc, Capitaine. Cela lui fera certainement le plus
grand bien.

NEVEN
Je vous remercie.

Le Roi sort, laissant Neven et Philippa en tête-à-tête.

NEVEN
Puis-je vous proposer mon bras ?

PHILIPPA
Vous êtes bien entreprenant, Capitaine.

NEVEN
Pardonnez l'audace dont je peux faire preuve et ne voyez
dans cette proposition qu'une envie de prendre l'air. Je ne
saurai vous brusquer si vous refusez.

PHILIPPA
D'où venez-vous ?

NEVEN
De la mer, Madame.

PHILIPPA
Et avant cela ?

NEVEN

Cela fait bien longtemps que je n'appartiens plus à une terre, votre Altesse. L'océan est devenu chez moi depuis des années.

PHILIPPA

Vous semblez bien méticuleux à entretenir le mystère autour de vous.

NEVEN

J'ai appris à me faire discret.

PHILIPPA

Pensez-vous donc pouvoir prétendre à une balade en ma compagnie, moi qui suis fille du Roi et vous qui n'êtes que marin ?

NEVEN

Je puis être un prince pour vous y rejoindre, si cela vous rassure.

PHILIPPA

Vous êtes prétentieux.

NEVEN

S'il n'est question que de ma condition, Madame, sachez que vous n'avez aucune crainte à vous faire.

PHILIPPA
Expliquez-vous.

NEVEN
Vous êtes de même bien entreprenante avec moi.

PHILIPPA
Ne vous permettez pas ce ton, Capitaine.

Silence.

NEVEN
J'ai l'impression de vous avoir déjà rencontrée.

PHILIPPA
J'en doute fortement.

NEVEN
Votre voix éveille chez moi comme un souvenir furtif.

PHILIPPA
(tendue)
Il est impossible que nous nous soyons rencontrés.

NEVEN
Dans ce cas, je vous crois.

Nouveau silence.

NEVEN
Excusez-moi de vous avoir importunée, je vais rejoindre mes hommes. Je vous remercie de m'avoir accordé de votre temps.

Neven se dirige vers la sortie.

PHILIPPA
Attendez !

Il s'arrête.

PHILIPPA
J'accepte.

NEVEN
Vous acceptez ?

PHILIPPA
J'accepte cette balade.

NEVEN
En êtes-vous sûre ?

PHILIPPA
Ne posez pas plus de questions. Sortons.

NEVEN
Très bien, Madame.

SCÈNE 7

Neven, Philippa.
Port-Roy, province d'Ancourt.
Jardins du château.

Neven et Philippa se baladent.

NEVEN
Ces jardins sont très agréables.

PHILIPPA
Mon père tient à ce que tout soit parfaitement entretenu.
Tout comme moi.

NEVEN
Vous êtes perfectionniste ?

PHILIPPA
J'aime simplement les belles choses. Surtout quand elles sont
bien faites.

NEVEN
Êtes-vous mariée ?

PHILIPPA
Je vous en prie, ne soyez pas aussi indécent !

NEVEN
Excusez-moi, je voulais simplement savoir si je vous
arrachais actuellement au bras d'un autre homme.

PHILIPPA
Cela changerait-il quelque chose ?

NEVEN
J'en serai certainement très satisfait.

PHILIPPA
Vous êtes de nouveau arrogant.

NEVEN
Il faut croire que cela est dans ma nature.

Silence.

PHILIPPA
Je ne suis pas encore mariée.

NEVEN
Pas encore ?

PHILIPPA
Mon père souhaite me faire rencontrer de nouveaux prétendants demain. Je devrais choisir parmi eux celui que je voudrais épouser.

NEVEN
Vous ne semblez pas réjouie par cette nouvelle.

PHILIPPA
Mon père a toujours voulu tout décider pour moi. J'ai beau tenter de lui expliquer, seuls lui importent ses propres intérêts. J'en arrive à devoir accepter de me plier à ses intentions et de me voir imposer mon mariage pour ne pas supporter le pire.

NEVEN
Je vois.

PHILIPPA
Je ne pense pas, non, que vous soyez en mesure de voir ce dont je parle, Capitaine.

NEVEN
Détrompez-vous Madame et croyez bien que j'en suis alerte.

PHILIPPA

Comment pourriez-vous comprendre ? Vous êtes un homme, qui plus est, libre. Vous ne pouvez imaginer ce dont il est question.

NEVEN

Laissez-moi alors vous faire profiter de ce dernier moment dont vous êtes seule décisionnaire.

Ils s'assoient.

PHILIPPA

Parlez-moi de votre navire.

NEVEN

De mon navire ?

PHILIPPA

Oui ! Comment est-il ?

NEVEN

C'est le plus beau vaisseau que vous pourriez voir dans votre vie !

PHILIPPA

Je n'en ai vu que peu, il y a de cela très longtemps.

NEVEN

Cette nouvelle m'attriste. Les navires sont les créatures les plus raffinées qui soient. L'Eleftheria est un roi parmi les princes. Le meilleur moment est celui où le vent s'engouffre dans ses voiles et les fait claquer. À cet instant, il prend de la vitesse et brise les flots comme un ange qui voguerait à travers cette immense étendue d'eau. Alors, le monde lui appartient. Plus rien n'a d'importance. La sensation du vent sur le visage est d'une douceur que je ne saurais vous décrire. C'est un bonheur si simple, j'aimerais vous le faire ressentir.

PHILIPPA

Tout cela a l'air si incroyable quand vous en parlez.

NEVEN

Ce n'est rien par rapport au fait de le vivre. L'Eleftheria me rend libre. Et c'est bien pour cela que j'en suis le Capitaine.

PHILIPPA

Est-ce vous qui avez nommé votre navire ?

NEVEN

Bien entendu. Dans le cas contraire, il ne m'appartiendrait pas entièrement.

PHILIPPA

Je n'ai jamais entendu ce nom. Est-ce un vrai mot ? Ou bien l'avez-vous inventé ?

NEVEN

On pourrait le croire, en effet, mais non. *Eleftheria* est un véritable mot. Il s'agit du grec pour "liberté".

PHILIPPA

Du grec ?

NEVEN

Oui. J'ai un lien tout particulier aux philosophes grecs, à leurs écrits et leurs pensées. Je voulais que mon vaisseau reflète les raisons pour lesquelles j'ai pris la mer, mais qu'il n'ait pas un simple nom comme la plupart des Capitaines peuvent en donner aujourd'hui. Alors, le grec m'a semblé venir de lui-même.

PHILIPPA

Vous avez l'air très attaché à cette liberté.

NEVEN

Elle reflète le meilleur choix que j'ai pu faire dans ma vie.

PHILIPPA

Je vous envie. Cela doit être si somptueux, d'être libre. D'aller ou bon vous semble. De voguer çà et là sans être par rien attaché. Aucune règle. Aucune obligation.

NEVEN

Mon travail m'oblige à quelques impératifs. Mais oui, c'est un privilège que je suis heureux d'avoir.

PHILIPPA

(pensant à voix haute)
Comme j'aimerais partir.

NEVEN

Croyez-moi, Madame : si vous le souhaitez au-delà de tout, cela finira par arriver.

PHILIPPA

Comment pouvez-vous en être si certain ?

NEVEN

La liberté implique toujours que l'on fasse un choix. Il faut perdre certaines choses pour en gagner d'autres. Car tout s'équilibre toujours. Mais c'est un sacrifice qui en vaut le coup.

Silence.

PHILIPPA

Racontez-moi vos aventures.

NEVEN
Oh. Je ne souhaite pas vous ennuyer avec cela. D'autant que
j'en aurais bien trop à vous conter.

PHILIPPA
Je vous en prie. Je veux voyager avec vos mots.

NEVEN
Dans ce cas, je ne sais par où commencer.

SCÈNE 8

Philippa, Ermeline.
Port-Roy, province d'Ancourt.
Quartiers de Philippa.

Ermeline patiente, assise sur un fauteuil. Philippa entre en
chantonnant.

PHILIPPA
Ah, tu es là.

ERMELINE
Je vous attendais Madame, comme vous me l'aviez demandé.

PHILIPPA
Je te remercie, tu peux partir.

ERMELINE
Vous semblez chamboulée.

PHILIPPA
Oh Ermeline ! Si tu savais ce qui vient de se passer !

ERMELINE
Je suis là pour vous écouter si vous le souhaitez.

PHILIPPA
Comment mettre les mots qui conviennent !

ERMELINE
S'agit-il de cet homme avec qui vous avez fait une balade cet
après-midi Madame ?

PHILIPPA
Tu l'entendrais parler ! Il est si... si...

ERMELINE
Séduisant ?

PHILIPPA
Oui ! Non ! Voyons Ermeline !

ERMELINE
Excusez-moi Madame, je ne suis pas à ma place.

PHILIPPA

Il est tout simplement passionnant. Il m'a raconté ses histoires. Cela était incroyable ! Le vent dans les voiles de son navire ! L'océan calme puis soudain indomptable. Le miroir de l'eau et la coque qui s'y reflète. Le vent sur le visage. J'avais l'impression d'y être ! Comme si j'avais moi-même vécu toutes ces aventures !

ERMELINE

Seigneur, cet homme vous a donc monté la tête.

PHILIPPA

J'ignore si c'est sa voix, si douce à l'oreille, qui me berça tant ou non, mais j'avais la sensation de parcourir sa mémoire et d'en percevoir tous les détails.

ERMELINE

Il est vrai qu'il a une voix très fine. J'aurais pu croire à une femme si j'ignorai que c'était un marin !

PHILIPPA

Ne sois pas stupide. Cette voix n'est autre que celle d'un grand intellectuel. Nul penseur n'a besoin d'une lourde voix s'il possède l'esprit !

ERMELINE

Si vous le dites Madame, alors je vous crois.

PHILIPPA
(s'allongeant)
J'entends encore tout cela résonner dans mon esprit. Jamais
n'ai-je rencontré un homme si raffiné !

ERMELINE
Madame, puis-je me permettre une question fort indiscrète à
votre égard ?

PHILIPPA
Je t'en prie, dis-moi.

ERMELINE
Vous êtes-vous éprise de cet homme ?

PHILIPPA
Je... non ! Enfin... Je l'ai simplement trouvé très doux.

ERMELINE
Vous savez que vous devez rencontrer demain de grands
seigneurs, et y trouver un époux ?

PHILIPPA
Je ne te remercie pas, Ermeline ! J'arrivais enfin à penser à
autre chose, mais non ! Il faut que tu viennes me rappeler
que tout cela n'est qu'illusion éphémère !

ERMELINE

Je vous présente mes excuses, Madame.

PHILIPPA

J'aimerais apprendre à mieux connaître ce Capitaine.

ERMELINE

Si je puis me permettre, il ne serait que peu judicieux, étant donné votre situation, de vous enticher d'un simple marin.

PHILIPPA

Qui te parle de s'enticher ? Je veux seulement m'échapper de cette vie grâce à ses mots, rien de plus.

ERMELINE

Je doute qu'il se livre à vous par pure bonté de cœur, Madame.

PHILIPPA

Tu ignores qui il est Ermeline.

ERMELINE

Vous a-t-il au moins donné son nom ? Ou dit d'où il venait ? Savez-vous même pour qui il travaille ?

PHILIPPA

Il...

ERMELINE
Je m'en doutais.

PHILIPPA
Pourquoi es-tu toujours obligée de faire cela ?

ERMELINE
Madame, je ne souhaite que vous protéger. Cet homme sait que vous êtes la fille du Roi. Certainement use-t-il de ses charmes pour s'octroyer un titre en vous épousant !

PHILIPPA
(précipitamment)
Tu penses qu'il souhaite m'épouser ?

ERMELINE
Et vous, le souhaitez-vous ?

PHILIPPA
Je ne veux plus répondre à tes questions.

ERMELINE
Bien Madame. Dois-je vous laisser ?

PHILIPPA
Oui, je t'en prie. À demain, Ermeline.

Ermeline sort, laissant Phillippa seule.

PHILIPPA

Entichée ? Vraiment ? Quelle idée. Comment pourrais-je
« m'enticher » d'un marin ? Je suis fille du Roi après tout.

Silence.

PHILIPPA

Entichée. Non, soyons raisonnable. Il est vrai que ce
Capitaine est... mystérieux. Énigmatique. Et... séduisant. Mais
de là à dire que je me suis entichée ! Sa voix est douce et
agréable, mais je souhaite seulement... écouter ses histoires.
Voilà. Je veux seulement entendre ses aventures. Rien de
plus, rien de moins. Rien de plus... rien de moins...

SCÈNE 9

Neven, Martin.
Port-Roy, province d'Ancourt.
Port.

Neven est assis, une bouteille à la main. Il boit en regardant le ciel. Paraît Martin.

MARTIN
Capitaine ?

NEVEN
Que se passe-t-il, Martin ?

MARTIN
La seconde livraison est en route pour le château et nous ravitaillons les cales. Quand avez-vous prévu notre départ ?

NEVEN
À l'origine, d'ici à quelques jours. Mais le Roi nous a conviés à la grande cérémonie en l'honneur de sa fille, nous ne

pouvons nous permettre de refuser. Cela serait très mauvais pour nos affaires.

MARTIN
Bien Capitaine.

NEVEN
Maintenant laisse-moi. Je veux profiter de cette nuit seul.

MARTIN
Vous semblez préoccupé.

NEVEN
Absolument pas.

MARTIN
Vous en êtes certaine ?

NEVEN
Martin ! Je t'ai déjà dit de faire attention à ton vocabulaire quand nous sommes à terre !

MARTIN
Mais nous sommes seuls, personne ne risque de découvrir votre secret ici.

NEVEN

Nous ne sommes jamais trop prudents. Dois-je te rappeler ce que j'encours si les autres marins, ou même la Compagnie apprennent qui je suis réellement ?

MARTIN

Non Capitaine, je me le rappelle très bien.

NEVEN

Dis-le donc.

MARTIN

Vous risquez la peine de mort.

NEVEN

Exact, dans le meilleur des cas. Dans la pire des situations, on me forcera à retourner auprès de mon père et sache que je préfère nettement mourir que de revoir un jour son visage et perdre l'Eleftheria.

MARTIN

Est-ce pour cela que vous semblez si mélancolique ce soir ?

NEVEN

Non. Il y a bien longtemps que je ne crains plus qu'on me reconnaisse. Sauf si tu ne tiens pas ta langue.

MARTIN
Que vous arrive-t-il alors ?

NEVEN
Rien, je t'ai demandé de me laisser seul.

MARTIN
Est-ce cette femme ?

Court silence.

NEVEN
Quelle femme ?

MARTIN
Cette femme avec qui vous vous êtes baladée aujourd'hui. A-t-elle compris qui vous êtes ?

NEVEN
Oh que non ! Et cela ne risque pas d'arriver, je te le dis ! Ce n'est pas cela.

MARTIN
Ne me dites pas que...

NEVEN
Que quoi ? Veux-tu bien arrêter de geindre à mes oreilles !

MARTIN
Vous vous êtes éprise de cette femme...

NEVEN
Il suffit !

Neven se lève, titube et s'approche de Martin en le menaçant.

MARTIN
Vous êtes saoule, Capitaine.

NEVEN
Ne te permets pas de croire que tu peux comprendre ce qu'il
se passe.

MARTIN
Allons, vous n'allez pas tuer votre second tout de même ?

NEVEN
Certainement pas. Mais je te prierai de cesser tes propos.

Elle abaisse son arme.

MARTIN
C'est que j'ai déjà vu ça chez d'autres, Capitaine. Et que je
sais le reconnaître à présent quand je le vois.

NEVEN

Ne sois pas stupide. Tu connais ma véritable identité. C'est la fille du Roi. Je n'ai aucune chance avec elle. Tu sais pertinemment ce qui m'attend si l'on découvre que je suis moi-même une femme. Et qui plus est, que je suis du genre à en regarder d'autres.

MARTIN

Qu'allez-vous faire alors ?

NEVEN

Aller à cette fête pour le bien de nos affaires, puis partir, Martin. Tout simplement.

MARTIN

Et vous la laisseriez derrière vous ? Cela m'étonne.

NEVEN

Je te l'ai dit ! C'est la fille du Roi ! Et Monsieur le Monarque veut une descendance ! Je te laisse imaginer le sort qu'il me réservera si je séduis sa fille et qu'elle découvre qui je suis. Quoiqu'au moins, j'aurai le plaisir de voir son visage outré comme il ne l'a jamais été. Mais je ne peux pas perdre la vie aussi bêtement. Qui plus est, cela mettrait en danger la sienne, à elle aussi.

MARTIN
Fallait-il que de toutes les femmes que nous rencontrions,
vous vous attachiez à la seule avec laquelle c'est encore plus
compliqué que les autres !

NEVEN
Arrêtes ça.

MARTIN
Je n'ai jamais vu une femme aussi étrange que vous
Capitaine.

NEVEN
Et pourtant tu es toujours à naviguer avec moi.

MARTIN
Car je vous apprécie, tout de même.

NEVEN
Je te remercie.

MARTIN
Alors c'est votre choix ?

NEVEN
C'est mon choix.

MARTIN
Dans ce cas, j'ai bien fait de prendre ça à la taverne.

Martin sort deux nouvelles bouteilles. Il en tend une à Neven.

NEVEN
Martin, tu es le second que chaque Capitaine devrait avoir.

Tous deux s'installent et débouchonnent leurs bouteilles.

MARTIN
Qu'a-t-elle de si spécial ?

NEVEN
Faut-il vraiment que nous parlions de ça ?

MARTIN
C'est une femme qui a séduit une autre femme et c'est un mystère que je voudrais résoudre.

NEVEN
(riant)
Mon cher, cela est bien plus courant que ce que tu peux imaginer. Ce qui n'en fait pas un si grand mystère !

MARTIN
Vous êtes sûre de ça ?

NEVEN
Oh, crois-moi bien que oui !

MARTIN
Je n'en ai jamais rencontré. Enfin, d'autre que vous.

NEVEN
C'est parce que toutes savent bien se cacher. Nous ne vivons pas dans une époque où cela est possible. Mais les règles n'ont jamais réussi à brider les hommes. Et les femmes encore moins. Un jour, je l'espère, les personnes comme moi n'auront plus à user de subterfuges, à la fois pour avoir le droit à la liberté, mais aussi pour séduire une jeune dame.

MARTIN
Ce qui est énervant, Capitaine, c'est que vous les séduisez beaucoup mieux que nous tous !

NEVEN
Peut-être parce que je suis en quelque sorte le miroir de la soif d'indépendance qui se cache en chacune d'entre elle. Quoi de mieux que de rencontrer un homme qui est en réalité une femme et qui comprend ce qu'elles peuvent ressentir ?

MARTIN
Mais même vos manières sont remarquables avec les dames.

NEVEN

Je te rappelle que j'en suis une moi-même. Je sais comment viser juste.

MARTIN

Vous êtes terrible, Capitaine.

NEVEN

Et je prends le compliment matelot !

Silence.

NEVEN

N'as-tu pas vu la douceur des traits de la Princesse ?

MARTIN

Oh vous savez, ce n'est pas ce que je regarde en premier !

NEVEN

Tu vois Martin, c'est exactement pour cette raison que j'ai plus de succès auprès des femmes que toi. Apprends à lever les yeux un moment et tu verras que tu les feras toutes tomber.

MARTIN

Si vous le dites.

NEVEN

Je te le dis et tu devrais prendre ces conseils avec plus d'attention.

MARTIN

C'est vrai qu'elle était tout de même plutôt jolie.

NEVEN

Je suis d'accord. Elle a des yeux qui pétillent et une innocence sur la peau qui la rend presque pure. Je n'avais jamais vu ça auparavant.

MARTIN

L'innocence ou la peau lisse ?

Neven rit.

NEVEN

Je suis trop saoul Martin, je ris à tes blagues.

MARTIN

C'est bien pour ça que je nous ai apporté une nouvelle bouteille !

NEVEN

Et elle est particulièrement dégueulasse, si je peux me permettre.

MARTIN
Vous pouvez me laisser la boire, Capitaine.

NEVEN
Hors de question !

MARTIN
Capitaine ?

NEVEN
Quoi ?

MARTIN
Vous l'avez... enfin vous voyez ?

NEVEN
Je l'ai quoi ?

MARTIN
Vous voyez bien de quoi je veux parler.

NEVEN
Embrassée, Martin ? N'aie pas peur des mots comme ça.

MARTIN
Vous l'avez fait ?

NEVEN

Bien sûr que non. On n'embrasse pas son Altesse, fille du Roi, comme cela. Et puis ce serait un coup à ce qu'elle s'attache à moi et si je peux au moins lui épargner ça, ce sera déjà bien.

MARTIN

Dommage.

NEVEN

Comment ça dommage ?

MARTIN

Oh, cela aurait été assez drôle.

NEVEN

Es-tu donc tellement une commère, Martin, que tu voudrais que je brusque une jeune demoiselle pour ensuite rire de cette histoire ?

MARTIN

C'est vous qui l'avez dit !

NEVEN

C'est bien pour cela que je t'apprécie.

MARTIN
C'est vrai que ce breuvage n'est pas bon.

NEVEN
Ah ! Tu vois bien !

MARTIN
Mais cela ne m'empêchera certainement pas de finir cette bouteille !

NEVEN
Tu commences aussi à être saoul.

MARTIN
Je ne vous le fais pas dire.

NEVEN
Alors buvons et poursuivons cette nuit côte à côte.

Ils trinquent.

SCÈNE 10

Amalric, Arnaud, Geoffroy, Frédéric.
Port-Roy, province d'Ancourt.
Taverne.

Amalric est assis à une table avec d'autres marins.

ARNAUD
Allons, Amalric ! Dépêche-toi de nous dire pourquoi tu nous
as tous fait venir ici.

AMALRIC
Voyons, moins fort ! Personne ne doit nous entendre,
compris ?

GEOFFROY
Toujours à faire autant de mystère pour rien, hein ? J'en ai
marre. Je vais terminer cette pinte loin de vous tous, je ne
compte pas gâcher ma soirée avec vous.

AMALRIC
Reste ici.

GEOFFROY
Parle-moi autrement, mon gars. Je ne t'apprécie pas assez
pour que tu puisses te permettre ce genre de discours avec
moi.

AMALRIC
Et pourtant je pense que de nous tous, tu seras le plus
intéressé par ma proposition

ARNAUD
Alors crache le morceau !

FRÉDÉRIC
Je vous jure que si vous ne la fermez pas tous dès
maintenant et ne le laissez pas parler, je vais rejoindre cette
jolie demoiselle qui me fait de l'œil depuis tout à l'heure !

AMALRIC
Bien. Vous l'aurez vu, l'Eleftheria a mouillé dans ce port pas
plus tard qu'hier.

GEOFFROY
L'Eleftheria ? Tu plaisantes ?

AMALRIC
Pas le moins du monde.

ARNAUD
Faut-il donc toujours que cet enfoiré nous colle aux bottes !

AMALRIC
Je sais que vous avez une dent contre Neven. C'est pour cela
que je vous ai demandé de me rejoindre ce soir. J'ai pu
l'emmener boire hier.

FRÉDÉRIC
Tu as toujours été un vendu Amalric. Que t'a-t-il proposé
pour que tu sembles si sûr de toi ? Cela m'étonnerait
beaucoup qu'il t'ait invité à partager son affaire avec le Roi.

AMALRIC
Loin de là. Vous vous doutez bien que personne ne la
partagerait. J'ai une proposition à vous faire.
Mais vous devez m'assurer votre silence.

GEOFFROY
Je te prie de parler vite, je meurs d'envie de te fracasser mon
verre sur le crâne tellement tu es lent.

AMALRIC
Donnez-moi votre parole.

ARNAUD
Très bien, tu as la mienne.

FRÉDÉRIC
De même.

AMALRIC
Geoffroy ?

GEOFFROY
Tu l'as aussi.

AMALRIC
J'ai cru entendre que Neven et son équipage avaient été conviés par le Roi en personne à la grande fête d'anniversaire de sa fille. Le connaissant, il voudra faire bonne figure et s'y rendra sans se laisser prier.

FRÉDÉRIC
Les fanfaronnades de Neven ne nous intéressent que très peu, tu en es conscient ?

AMALRIC
Laissez-moi terminer !

GEOFFROY
Alors presse-toi bon sang !

AMALRIC

Je vous invite à monter une affaire. Nous avons tous d'une façon ou d'une autre une raison de détester Neven. Je vous propose donc de réquisitionner l'Eleftheria.

ARNAUD

Réquisitionner l'Eleftheria. Non mais tu t'entends parler Amalric ? Tu sais à quel point Neven aime son navire. Tu penses vraiment qu'il nous laissera faire ?

FRÉDÉRIC

C'est tentant, mais je suis d'accord avec lui. Ce que tu proposes est simplement impossible.

AMALRIC

Détrompez-vous. L'occasion ne se représentera au contraire pas deux fois.

GEOFFROY

Comment voudrais-tu procéder ?

ARNAUD

Tu n'es pas sérieux ? Ce plan est un échec avant même d'avoir été prononcé !

GEOFFROY

Je veux savoir comment Amalric a prévu de s'emparer de ce vaisseau.

FRÉDÉRIC
Écoutes, nous savons à quel point ta colère contre Neven est forte, mais crois-tu sincèrement que ce soit possible ?

GEOFFROY
Aucun d'entre vous ne sait quelle haine je lui voue, alors fermez-la.

ARNAUD
Surveille ton langage avec nous Geoffroy. Je n'ai pas l'intention de te laisser jaser sur nous comme tu le fais.

AMALRIC
Messieurs, du calme !

FRÉDÉRIC
Bien, alors dis-nous donc ton plan, génie.

AMALRIC

Comme je viens de vous le dire, Neven s'en ira certainement à cette fête. Je le ferai suivre et nous apprendrons ses habitudes. Son second le suit bien souvent, laissant l'équipage sans Capitaine pendant quelques heures. Nous déterminerons le moment où le navire sera sans surveillance et nous prendrons l'Eleftheria à cet instant. Venons tous avec nos hommes. A nous quatre, nous rassemblerons un bon nombre de personnes. Nous prendrons le vaisseau, et n'aurons plus qu'à nous débarrasser de Neven. Qui possède l'Eleftheria possède sa cargaison et son affaire.

GEOFFROY
Intéressant...

ARNAUD
Oui, intéressant. Mais dis-moi donc, vieux camarade, comment se passera la répartition de son butin une fois l'Eleftheria à nos mains ? Tu n'imagines tout de même pas tout garder pour toi ?

AMALRIC
Loin de moi cette idée. Nous partagerons tout cela entre nous. Je veux simplement garder son affaire avec le Roi.

GEOFFROY
Et l'Eleftheria ?

AMALRIC
Je sais à quel point tu convoites ce navire. Je pense que nous pourrions te le céder, moyennant compensation.

GEOFFROY
Très bien. Je marche. Je vous laisserai ma part du butin si toutefois vous me laissez l'Eleftheria. Je ne vous demanderai rien d'autre que votre parole.

AMALRIC
Tu as notre parole.

FRÉDÉRIC
Bien. Allons-y. Après tout, nous pourrions certainement prendre une retraite anticipée avec tous les biens que possède Neven.

ARNAUD
Je trinque à cette idée !

AMALRIC
Ne révélez nos plans à personne. Si Neven venait à l'apprendre, je vous laisse imaginer ce qui nous attend.

GEOFFROY
J'attends cela depuis tellement longtemps, crois bien que ma voix sera scellée.

AMALRIC
Bien. Je ferai suivre Neven dès le matin. Et d'ici à quelques jours, notre fortune sera faite.

ACTE II

SCÈNE 1

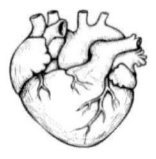

Neven, Amalric, Martin.
Port-Roy, province d'Ancourt.
Port.

Neven se réveille avec une gueule de bois. Paraît Amalric.

AMALRIC
Eh bien l'ami ! Vous n'avez pas l'air en forme !

NEVEN
Par pitié Amalric, fermez-la.

AMALRIC
Vous, vous avez abusé de la liqueur, je me trompe ?

NEVEN
Pourquoi faut-il que vous soyez toujours là quand il ne faut
pas ?

AMALRIC
Je venais vous demander comment se passent vos affaires
avec le Roi. Votre rencontre avec Sa Majesté a-t-elle été à la
hauteur de vos attentes ?

NEVEN
Je ne vous ferai pas le plaisir de vous en parler.

AMALRIC
Toujours aussi méfiant à ce que je vois !

NEVEN
Avec vous, toujours n'est pas suffisant. Vous êtes
certainement l'homme le plus lâche et le plus fourbe que j'ai
rencontré jusqu'à aujourd'hui.

AMALRIC
Toujours les mots qui conviennent en provenance de votre
bouche, n'est-ce pas ?

NEVEN
Que me voulez-vous ?

AMALRIC
J'ai entendu dire qu'une grande fête se préparait au château
d'ici à quatre jours pour l'anniversaire de la Princesse. Avez-
vous prévu de vous y rendre ?

NEVEN
En quoi cela vous intéresse-t-il ?

AMALRIC
J'hésitais moi-même à m'y présenter. Je me demandais donc si le nouveau Capitaine en affaire avec le Roi y avait été convié.

NEVEN
Vous êtes une fouine, Amalric.

AMALRIC
On ne se refait pas.

NEVEN
Je ne sais pas si je m'y rendrai. Peut-être serais-je reparti avant cela.

AMALRIC
Vous n'y pensez pas !

NEVEN
Qu'est-ce que cela peut bien vous faire ?

AMALRIC

Voyons, ce ne serait certainement pas bon pour votre affaire ! Si j'avais la chance de faire commerce avec le Roi, je...

NEVEN

Mais vous ne l'avez pas. Alors veuillez me laisser le soin de prendre mes décisions.

AMALRIC

Comme vous le voudrez. Mais je ne suis tout de même pas persuadé que cela soit pertinent. D'autant qu'à ce que j'ai compris, on servira le vin que vous avez livré à tous les convives. Ce serait certainement l'occasion pour vous de commercer avec d'autres seigneurs, si vous voyez ce que je veux dire.

NEVEN

Comment êtes-vous au courant de cela ?

AMALRIC

J'ai des oreilles partout, l'ami, vous le savez.

NEVEN

Je me méfie de votre gentillesse.

AMALRIC

Allons. Je ne fais que rapporter des propos que j'ai entendus de la garde qui assure la sécurité en ville. J'ai simplement pensé que cela vous plairait de le savoir.

NEVEN

Je suppose donc que je vous remercie.

AMALRIC

C'est avec plaisir. Maintenant excusez-moi, mais on m'attend pour affaire. Belle journée !

Neven regarde Amalric partir. Entre Martin.

MARTIN

Capitaine, il nous reste encore une cargaison à livrer au château.

NEVEN

Bien. Je serais du voyage.

MARTIN

En êtes-vous sûr ? Je peux guider les hommes si...

NEVEN

Je préfère m'assurer que nos barils arrivent bien à destination. Fais surveiller nos cales. Je me méfie d'Amalric

et je ne veux pas que quelques-uns de nos tonneaux
disparaissent.

MARTIN
Bien Capitaine !

Martin sort.

NEVEN
Qu'est-ce que vous préparez ?

SCÈNE 2

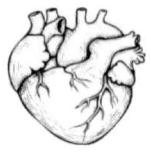

Le Roi, Philippa, Neven, l'intendant, les trois prétendants.
Port-Roy, province d'Ancourt.
Au château.

LE ROI
Veux-tu bien cesser de faire l'enfant ?

PHILIPPA
Jamais père. Vous pouvez m'obliger à épouser un de ces
hommes que vous avez choisis, mais jamais vous n'aurez
mon âme. Et Dieu sait que rien ne me fera taire.

LE ROI
Cesse de blasphémer ! Ces jeunes hommes vont bientôt
entrer. J'attends de toi un comportement irréprochable ! Ou
je jure que la sanction qui t'attend...

PHILIPPA

Quoi ? Sera pire que celle que vous m'avez déjà promise si je ne me plie pas à vos exigences ? Que pourriez-vous faire de plus ? Me tuer ?

Entre l'intendant du Roi.

L'INTENDANT
Sire.

LE ROI
Où en sont nos invités ?

L'INTENDANT
Dans la salle de réception, Monseigneur. Dois-je les faire entrer ?

LE ROI
Faites.

L'INTENDANT
Oh, autre chose Majesté. Le Capitaine que vous avez reçu hier vous attend lui aussi. Il apporte avec son équipage la suite des tonneaux pour la réception. Nous allons devoir le recevoir pour le payer.

LE ROI
Je suis occupé pour le moment, dites-lui de revenir plus tard.

PHILIPPA
(hésitante)
Mais enfin, père, vous n'y pensez pas. Ne serait-ce pas plus judicieux de le faire entrer en même temps que ces gentilshommes et de régler cette histoire rapidement ?

LE ROI
Bien. Faites-le entrer avec les prétendants de ma fille.

L'intendant va chercher les trois seigneurs qui attendaient à la porte, ainsi que Neven.

L'INTENDANT
Messieurs, Sa Majesté le Roi, accompagné de sa fille. Monsieur. Le Roi vous recevra dans l'instant en ce qui concerne votre paie.

NEVEN
Je vous remercie.

LE PREMIER SEIGNEUR
Laissez place ! Mon temps est précieux !

Tous entrent et s'inclinent alors que Neven adresse un sourire
à Philippa. Les seigneurs le regardent de travers.

LE ROI
Messieurs, voici ma fille, Philippa.

LE SECOND SEIGNEUR
Madame, c'est un honneur d'enfin vous rencontrer.

LE TROISIÈME SEIGNEUR
Mon cœur s'emplit de joie à l'idée de pouvoir partager
quelques instants avec votre personne. Je me suis permis de
faire livrer quelques bijoux à votre chambre avant mon
arrivée.

PHILIPPA
C'est une délicate attention, Monseigneur, je vous en suis
fort reconnaissante.

LE PREMIER SEIGNEUR
Veuillez excuser mon audace, mais que fait ce marin en notre
présence ? Je ne supporte pas son odeur !

LE ROI
Capitaine, puis-je vous inviter à me suivre ? Nous réglerons
cette affaire rapidement. Je suis quelque peu occupé.

NEVEN
Bien sûr, votre Majesté.

Le Roi sort. Neven s'avance vers à Philippa et la salue.

NEVEN
Madame. Ce fut un plaisir de vous revoir.

Les trois seigneurs s'indignent.

NEVEN
Je me suis moi-même permis de faire livrer quelques
présents à votre chambre.

LE PREMIER SEIGNEUR
Mais qui est donc ce malpropre pour oser offrir des présents
à la Princesse ?

LE SECOND SEIGNEUR
Oui, expliquez-vous ! Qui êtes-vous ?

NEVEN
Messeigneurs, je suis le Capitaine de l'Eleftheria, l'un des
plus gros navires que vous pourrez voir aujourd'hui mouiller
dans le port. Je me suis permis de faire livrer à Madame
quelques fleurs provenant du Royaume de mon père,
Monseigneur de Carran.

Surprise.

LE TROISIÈME SEIGNEUR
(hésitant)
Vous êtes le fils de Monseigneur de Carran ?

NEVEN
En effet.

LE SECOND Capitaine
Toutes nos excuses, Monseigneur.

NEVEN
Allons, n'en faisons pas tant.

PHILIPPA
Vous êtes un seigneur ?

NEVEN
C'est exact Madame. Bien que cela fasse longtemps que je n'ai pas reposé le pied sur le territoire de mon père. Excusez-moi désormais, je me dois de rejoindre Sa Majesté.

Neven sort de scène. Philippa regarde dans sa direction.

LE PREMIER SEIGNEUR
Nous sommes passés pour des guignols, et cela ne me plaît guère !

LE SECOND SEIGNEUR
J'ignorais que Monseigneur de Carran avait laissé son fils
prendre la mer et faire commerce !

LE TROISIÈME SEIGNEUR
Sans doute en a-t-il eu un second dont nous n'avons point
entendu parler.

LE SECOND SEIGNEUR
Sans doute.

LE TROISIÈME SEIGNEUR
C'est bien votre veine de l'avoir insulté de la sorte de
malpropre !

LE PREMIER SEIGNEUR
Toujours est-il que je ne suis pas là pour le bon plaisir de
Monseigneur de Carran, mais bel et bien pour cette jeune et
douce dame qui se tient devant nous. Madame, veuillez
pardonner cette maladresse. Loin de moi l'envie d'offenser
volontairement vos connaissances.

PHILIPPA
Hmmm.

LE SECOND SEIGNEUR
Madame ?

PHILIPPA
Oh, excusez-moi. Vous disiez ?

LE TROISIÈME SEIGNEUR
Nous espérons ne point vous avoir importunée quant à la remarque de notre ami sur votre ami.

PHILIPPA
Mon ami ?

LE TROISIÈME SEIGNEUR
Monseigneur de Carran, qui s'en est allé auprès de votre père à l'instant.

PHILIPPA
Oh. Il n'est pas mon ami. Enfin...

LE PREMIER SEIGNEUR
Fort bien ! Madame, cessons un peu de parler de ce jeune homme. Que diriez-vous de vous balader dans les jardins ?

PHILIPPA
Je vous remercie pour cette proposition. Malheureusement, je me sens trop fatiguée pour me balader. Accepteriez-vous plutôt de prendre tous trois le thé ?

LE SECOND SEIGNEUR
Mais Madame, ceci n'est que peu conventionnel.

111

PHILIPPA
Cela me ferait très plaisir.

LE TROISIÈME SEIGNEUR
En ce cas, j'accepte avec joie. Messieurs, si vous ne souhaitez convenir aux envies de cette dame, je m'en chargerai.

LE PREMIER SEIGNEUR
Détrompez-vous, il me plairait tout autant qu'à vous d'accompagner la Princesse où bon lui semblera.

LE SECOND SEIGNEUR
S'il vous plaît, j'en serai de même.

PHILIPPA
Je vous remercie. Rendons-nous à la salle de réception. J'y ferai chercher les bonnes.

LE TROISIÈME SEIGNEUR
Nous vous suivons, Madame.

SCÈNE 3

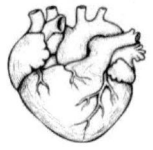

Neven, Martin, Philippa, les trois prétendants.
Port-Roy, province d'Ancourt.
Jardins.

Neven jette une bourse à son second.

NEVEN
Et voilà ta solde mon ami ! En provenance directe des mains
de Sa Majesté le Roi !

MARTIN
Diantre Capitaine ! Je m'attendais à ce que cette affaire nous
rapporte gros, mais pas autant !

NEVEN
Il semble que sa Majesté aime par-dessus tout le vin que
nous lui avons fait livrer. Il se fera un plaisir de le servir pour
l'anniversaire de sa fille.

MARTIN
Quelle bonne nouvelle !

NEVEN
Et nous envoie lui récupérer le double de ce que nous lui
avons livré.

MARTIN
Vous n'êtes pas sérieux ?

NEVEN
Je suis toujours sérieux en ce qui concerne les affaires.

On entend au loin les trois seigneurs qui semblent discuter.

MARTIN
C'est une nouvelle à accueillir comme il se doit avec
l'équipage !

NEVEN
Prends mes devants. Je te rejoindrai plus tard. J'ai quelque
chose à régler avant de partir. Distribue leur solde aux
hommes. Qu'ils profitent de nos quelques jours à terre pour
vaquer à je ne sais quelles dépenses.

MARTIN
Bien Capitaine.

Martin sort. Neven s'installe dans un coin de la scène. Entrent les seigneurs.

LE SECOND SEIGNEUR
Avez-vous vu comment la Princesse semblait s'intéresser à moi ? Je pense lui avoir fait un certain effet.

LE PREMIER SEIGNEUR
Ne soyez pas stupides, elle a totalement succombé à mes charmes !

LE TROISIÈME SEIGNEUR
Vous ne comprenez tellement rien aux femmes. Je sais reconnaître un regard intéressé quand j'en vois un et croyez qu'il m'était bien adressé. Elle ne m'a pas lâché des yeux.

NEVEN
Alors messieurs, avez-vous préféré vous promener main dans la main plutôt que de convier la Princesse à vos bras ?

LE PREMIER SEIGNEUR
Monseigneur de Carran. Nous ne pensions pas vous revoir avant notre départ.

NEVEN
On me le dit souvent.

LE SECOND SEIGNEUR
Mais que faites-vous donc ici ? N'étiez-vous pas en affaire
avec Sa Majesté ?

NEVEN
(jouant avec sa bourse)
Je l'étais.

LE TROISIÈME SEIGNEUR
N'avez-vous donc pas un équipage qui vous attend ?

NEVEN
Nous mouillons encore quelques jours dans le port avant de
repartir. Et il me plaisait de vous revoir avant votre départ.
Votre rencontre avec la Princesse a-t-elle été agréable ?

LE PREMIER SEIGNEUR
Ah ! Ne me parlez pas de cela.

NEVEN
Expliquez-vous l'ami.

LE SECOND SEIGNEUR
Son Altesse a préféré nous convier à boire le thé plutôt que
de suivre les conventions habituelles de ce genre de
situation.

Neven esquisse un sourire satisfait.

LE TROISIÈME SEIGNEUR
Ce dont je me suis personnellement très bien accommodé.

LE PREMIER SEIGNEUR
Mais, moi de même.

LE SECOND SEIGNEUR
Tout comme moi.

NEVEN
Pourquoi son Altesse n'a-t-elle pas voulu se balader dans les jardins aux bras de si fringants seigneurs comme vous ?

LE TROISIÈME SEIGNEUR
Madame est fatiguée et il ne s'agirait pas de la brusquer.

LE PREMIER SEIGNEUR
Pour sûr. Mais je doute que vous sachiez comment vous y prendre dans ce genre de situation, Monseigneur, vous qui êtes si souvent en mer.

LE SECOND SEIGNEUR
Vous devez avoir perdu l'habitude des règles pour conquérir le cœur d'une dame.

Paraît Philippa, qui s'arrête dans sa marche alors qu'elle aperçoit ses prétendants.

NEVEN
Eh bien messieurs, je pense que la Princesse se sent mieux. La voici qui vous rejoint dans votre balade.

LE PREMIER SEIGNEUR
Madame ! Quel plaisir de vous revoir ! Nous allions partir !

LE TROISIÈME SEIGNEUR
Parlez donc pour vous ! Je n'ai nulle intention de partir, si votre Altesse souhaite que nous nous baladions désormais.

LE SECOND SEIGNEUR
Bien entendu, nous...

PHILIPPA
Je vous remercie pour votre attention Messeigneurs, mais je prenais seulement l'air quelques minutes afin de...

Elle regarde Neven, gênée.

PHILIPPA
De... chasser cet affreux mal de tête.

LE PREMIER SEIGNEUR
(effectuant de grands gestes avec son épée)
Un mal de tête Madame ? J'y mettrais un grand coup d'épée
s'il pouvait se trouver face à moi, afin qu'il ne vous
importune plus ! Je puis vous défendre de ce danger à
hauteur de l'attachement que je développe pour vous et
votre beauté !

NEVEN
Tâchez de garder votre arme dans son fourreau,
monseigneur. Vous risqueriez de défigurer la Princesse plus
que de tuer son mal de tête.

LE PREMIER SEIGNEUR
(aux deux autres)
Ne connaît-il donc point la poésie ?

Neven s'approche de Philippa et lui propose son bras.

NEVEN
Madame, je me ferai un plaisir de vous accompagner prendre
l'air afin de chasser cette migraine. Accepteriez-vous mon
bras ?

PHILIPPA
Monseigneur, ce serait avec grand plaisir.

LE PREMIER SEIGNEUR
Je vous accompagne !

LES SECOND ET TROISIÈME SEIGNEURS
Moi de même !

NEVEN
Je vous remercie pour votre sollicitude messieurs, mais Madame a besoin de calme afin de reposer son esprit. Or, vous parlez tous trois beaucoup trop et très fort.

Les trois seigneurs restent bouches bées.

NEVEN
Y allons-nous ?

PHILIPPA
Emmenez-moi, Capitaine.

Tous deux sortent de scène.

LE TROISIÈME SEIGNEUR
Mais qu'est-ce que cela peut bien vouloir dire ?

LE SECOND SEIGNEUR
Cela veut dire, mon cher, que Monseigneur de Carran ose nous passer devant dans les faveurs de la Princesse ! J'en référerai à Sa Majesté par missive ! Soyez-en certains !

SCÈNE 4

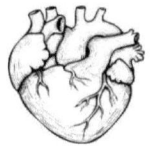

Neven, Philippa.
Port-Roy, province d'Ancourt.
Jardins.

NEVEN
Je vais finir par croire que je vous tire toujours d'affaire,
Madame.

PHILIPPA
Ne prenez pas cet air si confiant.

NEVEN
Il me semble bien pourtant que vos trois prétendants vous
mènent la vie dure.

PHILIPPA
Si vous saviez !

NEVEN
Oh, je peux l'imaginer.

PHILIPPA
Ils sont tous plus insupportables les uns que les autres !

NEVEN
Il ne m'a en effet fallu que peu de temps pour m'en rendre compte. Surtout celui qui a menacé de vous couper la tête pour chasser votre mal !

PHILIPPA
(riant)
Heureusement que vous l'avez arrêté avant qu'il ne commette une telle erreur.

NEVEN
Vous sentez-vous mieux ?

PHILIPPA
Oh, bien mieux. D'autant que je n'avais pas mal à la tête !

NEVEN
Avez-vous...

PHILIPPA
Je devais à tout prix échapper à ces sangsues !

NEVEN

Si je puis me permettre, votre Altesse, si tel était le cas, pourquoi êtes-vous sortie avant qu'ils n'aient quitté le château ?

PHILIPPA

Je voulais... saluer quelqu'un.

NEVEN

Madame, je me dois donc de vous laisser vous rendre jusqu'à lui... ou elle. Ne me laissez pas accaparer votre précieux temps de la sorte. Vous vous retrouveriez à ne plus pouvoir vous enfuir.

PHILIPPA

Ne vous en faites pas, nous avons tout le temps qu'il nous faut.

NEVEN

Je ne puis me le permettre, Madame. Allez donc rejoindre votre... quelqu'un.

PHILIPPA

Capitaine... Monseigneur... comment dois-je donc vous appeler ?

NEVEN

Capitaine suffira.

PHILIPPA

Mais pourquoi ne m'aviez-vous pas dit que vous aviez un titre ?

NEVEN

C'est une longue histoire. Trop longue à vous raconter maintenant. Vous devriez filer et rejoindre la personne que vous vouliez saluer.

PHILIPPA

Je l'ai déjà rejointe, ne vous en faites pas.

NEVEN

Vous voulez dire que...

PHILIPPA

Parlez-moi de votre père.

Silence.

NEVEN

Je ne préfère pas.

PHILIPPA

Mais vous êtes Seigneur de Carran ! Que faites-vous donc à commercer avec mon père ?

NEVEN

Je vous l'ai dit, la liberté a un prix. Le mien est de ne plus profiter des avantages que procure mon nom, dirons-nous. Voilà pourquoi je ne le prononce jamais.

PHILIPPA

Et pourtant vous l'avez fait devant ces hommes.

NEVEN

Ils avaient besoin qu'on leur rappelle les bonnes manières.

PHILIPPA

Nous pouvons dire que vous m'avez en quelque sorte sauvée.

NEVEN

Oh, je n'aurais pas la prétention de dire cela.

PHILIPPA

Pourtant, c'est le cas. Merci de m'avoir rendu ma liberté.

NEVEN

Ne dites pas cela.

PHILIPPA

Pourquoi ?

NEVEN
Je ne peux pas vous rendre libre.

PHILIPPA
Vous l'avez déjà fait. Deux fois.

NEVEN
Je n'ai fait que vous tenir de beaux discours.

PHILIPPA
Et n'étaient pas que beaux. Ils étaient tout aussi libérateurs.

NEVEN
Vous me flattez.

Ils se regardent un long moment.

NEVEN
Vous avez une…

PHILIPPA
Oui ?

NEVEN
Une poussière dans les cheveux.

PHILIPPA
Oh.

NEVEN
Excusez-moi.

PHILIPPA
Pourquoi vous excusez-vous ? Pour m'avoir dit que j'avais
une poussière ?

NEVEN
(gêné)
Non. Il s'agissait plutôt de la conversation. Je vous ai
habituée à plus intéressant.

PHILIPPA
Peu importe ce dont vous me parlerez, j'aime entendre votre
voix.

NEVEN
Que pourrais-je donc vous conter qui ravirait votre oreille ?

PHILIPPA
Parlez-moi de ces philosophes qui vous inspirent tant. Je ne
connais que peu les Grecs, mais ils semblent si
passionnants !

NEVEN

Il y aurait beaucoup de choses à vous raconter ! Beaucoup trop. Nous en aurions pour plusieurs nuits.

PHILIPPA

Contez-moi des vers alors. Vos préférés.

NEVEN

Il est compliqué d'en choisir seulement quelques-uns. Mais il y en a bien que j'affectionne plus que d'autres. Notamment ceux du poète Anacréon. L'un de ses écrits conte l'arrivée de Cupidon chez lui.

PHILIPPA

Je veux entendre ces vers !

NEVEN

Je ne pourrais vous redonner les phrases exactes, mais je puis vous expliquer.

PHILIPPA

Je vous écoute.

NEVEN

Dans ces vers, Cupidon, dieu de l'amour, s'en vient, armé de son arc, frapper chez le poète. Alors que celui-ci l'invite à entrer, l'enfant trempé par l'orage, tient à vérifier si son arc n'a pas trop pris l'humidité. Il tire alors dans le cœur du poète et sautille, heureux de constater que son arme n'est pas cassée. Mais désormais, le poète, lui, est malade.

PHILIPPA
Je ne comprends pas. Pourquoi l'enfant est-il heureux d'avoir rendu le poète malade ?

NEVEN
Cette maladie est plus pure que l'on ne croit.

PHILIPPA
Quelle est-elle ?

NEVEN
L'amour, Madame. La flèche a percé le cœur du poète pour y déverser l'amour.

PHILIPPA
C'est une merveilleuse histoire !

NEVEN
Je l'apprécie énormément, en effet. C'est pour cela que les poèmes grecs m'importent autant. Ils sont porteurs de messages forts et m'inspirent. Je me plais à écrire quelques vers moi-même.

PHILIPPA
Vous êtes poète ?

NEVEN
Je n'irai pas jusque-là.

PHILIPPA
Puis-je en entendre quelques-uns ?

NEVEN
C'est que... je suis assez réservé sur ce point.

PHILIPPA
Vous ?

NEVEN
Cela vous surprend ?

PHILIPPA
Vous semblez si sûr de vous. Oui, cela m'étonne.

NEVEN
Il y a des choses sur lesquelles je suis plus timide.

PHILIPPA
Croyez-vous en l'amour ?

NEVEN

C'est une question bien vaste que vous me posez là.

PHILIPPA

Et quelle est votre réponse ?

NEVEN

Eh bien, oui. Je ne puis qu'y croire. Mon premier amour restera l'océan.

PHILIPPA

Et... entre les Hommes ?

NEVEN

Les humains sont complexes à cerner. Ils sont fourbes, vicieux et méprisants. Mais ils sont aussi capables d'aimer au-delà de toute imagination.

PHILIPPA

Vous êtes donc bien poète.

NEVEN

Vous me flattez.

Nouveau silence.

NEVEN
Et vous ?

PHILIPPA
Je... je ne sais pas. Je crois que je perds confiance en cela.

NEVEN
Comment pouvez-vous perdre confiance en l'amour ?

PHILIPPA
Je me demande si cela peut véritablement exister. Ou si ce n'est pas qu'une pure invention de l'esprit.

NEVEN
N'avez-vous jamais ressenti cette émotion envahir votre corps ?

PHILIPPA
Je...

NEVEN
N'avez-vous jamais plongé votre regard dans celui d'une personne et sentit votre cœur s'emballer, comme si une centaine de chevaux parcouraient votre sang ? Tenu une main dans la vôtre que vous voudriez embrasser avec ardeur ? Ou même regardé un visage avec l'envie presque sauvage d'embrasser ses lèvres ?

Philippa attrape la main de Neven. Ils se penchent l'un vers l'autre, avant de se reculer précipitamment.

NEVEN
Je dois... retourner à mon navire.

PHILIPPA
Oui... Allez...

NEVEN
Je...

PHILIPPA
Merci de m'avoir offert votre compagnie.

NEVEN
Et vous la vôtre.

PHILIPPA
Au revoir, Capitaine.

Elle part d'un pas précipité.

NEVEN
Au revoir...

SCÈNE 5

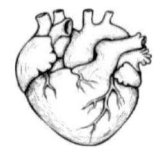

Amalric, l'espion.
Port-Roy, province d'Ancourt.
Taverne.

L'espion vient s'asseoir près d'Amalric.

L'ESPION
Bonsoir.

AMALRIC
Vous voilà enfin. Vous avez pris votre temps.

L'ESPION
Les personnes de ma profession savent se faire discrètes. Et le retard est le meilleur moyen de ne point nous faire repérer.

AMALRIC
Cessons de bavarder et allons droit au but. J'ai du travail pour vous.

L'ESPION
Bien payé ?

AMALRIC
Mieux payé que toutes les missions que vous aurez menées jusqu'à aujourd'hui.

L'ESPION
Dans ce cas, je vous écoute.

AMALRIC
Je monte une affaire, avec quelques... amis. Et j'ai besoin de vous pour m'assurer qu'aucun parasite ne s'interpose entre nous et le bon déroulement de cette mission.

L'ESPION
Je ne suis pas de ce bord. Si vous cherchez un tueur, je vous conseille d'aller voir ailleurs.

AMALRIC
Je ne cherche pas un assassin. J'ai besoin de quelqu'un pour m'avertir des faits et gestes d'un homme. Ses habitudes. Qui il fréquente. Jusqu'à ce qu'il mange au petit-déjeuner. Êtes-vous cette personne ?

L'ESPION
Ma foi, cela est bel et bien dans mes cordes. Mais mon intervention a un prix.

AMALRIC

Croyez-moi, une fois cette affaire bouclée, vous serez tout aussi riche que moi.

L'ESPION

Quelle assurance ai-je ?

AMALRIC

Jetez un œil par cette fenêtre. Qu'y voyez-vous ?

L'ESPION

Des navires et des marins ivres. Rien qui ne sorte de l'ordinaire.

AMALRIC

Vous voyez le navire au fond ?

L'ESPION

Bien entendu. L'Eleftheria a toujours été le plus majestueux de tous.

AMALRIC

Je vous promets les trésors qu'il regorge si nous réussissons.

L'ESPION

Vous voulez donc que j'espionne son Capitaine.

AMALRIC
Vous m'avez compris.

L'ESPION
Très bien. Mais je veux une assurance de paiement. Vous n'êtes pas sans savoir que le Capitaine de l'Eleftheria est prêt à tuer mille hommes à mains nues pour garder son navire. Vous avez donc, de fait, peu de chances de le lui subtiliser. Je veux une avance.

AMALRIC
Très bien.

Amalric sort une bourse et la pose sur la table.

AMALRIC
Ceci devrait suffire.

L'espion l'ouvre, regarde son contenu, la referme et la met dans sa poche.

L'ESPION
Bien. Notre contrat commence donc aujourd'hui.

AMALRIC
J'en suis ravi.

Amalric se lève.

L'ESPION
Par simple curiosité, que ferez-vous du Capitaine dans le cadre de votre affaire ?

AMALRIC
Je prendrai soin de lui.

SCÈNE 6

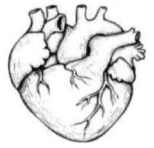

Neven, Martin.
Port-Roy, province d'Ancourt.
Bureau de Neven.

NEVEN
(en coulisses)
Martin !

MARTIN
Capitaine ?

NEVEN
Viens m'aider !

Martin traverse la scène. Il revient accompagné de Neven,
habillé en tenue de cérémonie.

NEVEN
Alors ?

MARTIN
Ça vous va bien, Capitaine.

NEVEN
Je te remercie.

MARTIN
Mais pourquoi un tel accoutrement ?

NEVEN
As-tu donc déjà oublié ? Nous sommes conviés à
l'anniversaire de la Princesse par Sa Majesté elle-même !

MARTIN
Seigneur ! J'avais oublié !

NEVEN
Je te prierai de tenir ton langage en vue de la cérémonie.
Nous devons tous deux bien présenter, tu entends ? Va te
changer.

MARTIN
C'est que Capitaine... je n'ai pas de tenue pour ce genre
d'événement. Je n'ai pas pour habitude de m'y rendre.

NEVEN
Il faut donc toujours s'occuper de toi comme un enfant ?

MARTIN

Mais je peux rester comme ça Capitaine ! En me peignant un peu...

NEVEN

Ne fais pas l'imbécile. Prends dans ma garde-robe une de mes tenues. Tu en trouveras bien une qui te va.

MARTIN

Merci Capitaine !

NEVEN

Et dépêche-toi ou je jure que je pars sans toi !

MARTIN

C'est comme si c'était fait !

Il ressort de scène. Neven remet proprement son costume devant son miroir. Il se regarde. Martin reparaît, lui aussi en élégante tenue.

MARTIN

Est-ce bon comme ça Capitaine ?

NEVEN

Regarde-toi ! Tu es fringuant !

MARTIN
Merci !

NEVEN
Gardes donc cette tenue. Elle te va bien mieux qu'à moi.

MARTIN
Vous êtes sûr ?

NEVEN
Si je te le dis ! Maintenant cessons de bavarder et allons-y !

SCÈNE 7

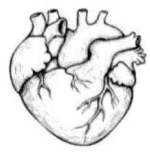

Neven, Martin, Le Roi, Philippa, les trois seigneurs, une foule.
Port-Roy, province d'Ancourt.
Château.

Apparaît le Roi.

LE ROI
Messeigneurs, mesdames et vous chers amis, merci. Merci
d'être venus jusqu'à nous aujourd'hui pour l'anniversaire de
celle qui fait ma joie. Celle qui, auprès de son futur époux, se
tiendra devant vous lorsque je ne serai plus, avec la grâce
qu'elle a toujours eue, digne de sa maison. Veuillez saluer la
Princesse Philippa.

Tout le monde applaudit.

PHILIPPA
Merci à vous tous et à vous toutes. Cela me touche au plus
profond de mon cœur que vous soyez si nombreux pour

cette cérémonie. Merci à vous, père, d'avoir organisé tout cela. Je reconnais ces visages tendus vers moi.

Elle voit Neven dans la foule.

PHILIPPA

En ce jour qui marque ma majorité, il me plaît de vous voir tous auprès de moi. Certains regards me surprennent dans cette assemblée, mais cette surprise ne trahit que la joie qui emporte mon cœur de vous avoir réunis ici, pour cette journée.

LE PREMIER SEIGNEUR
(à part, aux deux autres prétendants)
Elle parle très certainement de moi. Je lui avais dit que je ne pourrais certainement pas être présent pour affaires. Bien entendu, c'était une ruse pour créer la surprise.

LE SECOND SEIGNEUR
Ne vous méprenez pas, elle parle de moi.

LE TROISIÈME SEIGNEUR
Croyez ce que vous voulez messieurs, mais vous serez surpris quand vous verrez qu'il s'agit de moi.

PHILIPPA
Mais pourquoi donc nous attarder en bavardages ?
Festoyons !

Nouveaux applaudissements.

MARTIN
(dans le bruit des applaudissements)
Sa majorité ? Vous les prenez jeunes Capitaine !

NEVEN
Ferme-la donc veux-tu ! Et je ne suis pas beaucoup plus âgé qu'elle.

MARTIN
Quel âge avez-vous Capitaine ?

NEVEN
Voyons Martin, on ne demande jamais son âge à une femme !

Neven lui sourit et se fond dans la foule.

MARTIN
Alors ça, c'est bien quand ça vous arrange !

Tous se rejoignent. Débute alors une valse. Au fur et à mesure des mouvements, Neven et Philippa se retrouvent ensemble pour danser.

NEVEN
Madame. C'est un honneur.

PHILIPPA
Je vous ai vu dans l'assemblée en début de journée. Pourquoi n'êtes-vous pas venu me saluer plus tôt ?

NEVEN
Par pudeur si ce n'est pas politesse Madame. Vous êtes fortement sollicitée en tous sens par ces messieurs et ces dames.

PHILIPPA
N'aviez-vous donc pas envie de me libérer une fois encore ?

NEVEN
Il ne serait pas judicieux, Princesse.

PHILIPPA
Vous me blessez, Capitaine.

NEVEN
Excusez-moi, je ne dis pas cela parlant de vous. Mais voyez donc autour de vous. Votre père nous a convié au même rang que vos invités les plus prestigieux ce soir. Je ne devrais même pas pouvoir vous faire danser. Après tout, je ne suis qu'un marin.

PHILIPPA

Ne dites pas de bêtises. Ce soir, vous serez pour moi Monseigneur de Carran.

NEVEN

C'est un petit peu plus compliqué que cela.

PHILIPPA

Vous devriez vous présenter sous votre véritable nom. Mon père...

NEVEN

Votre père n'a que faire de ma condition. Je suis uniquement ici car nous commerçons ensemble. Je vous en prie, je ne souhaite pas aborder de nouveau ce sujet. Encore moins ce soir.

PHILIPPA

Excusez-moi, je n'étais pas à ma place.

NEVEN

Ne dites pas cela. C'est que... les relations avec mon père sont quelque peu délicates.

PHILIPPA

Oh, je ne peux que vous comprendre !

NEVEN
Mais alors, dites-moi, comment trouvez-vous cette
cérémonie ?

Philippa le regarde, mais ne répond pas.

NEVEN
Princesse ?

PHILIPPA
Oh. J'étais... j'étais perdue dans mes pensées. Vous disiez ?

NEVEN
Je vous demandais si vous trouviez la fête à votre goût.

PHILIPPA
Oh, oui ! Oui, bien entendu !

NEVEN
Vous sentez-vous bien ?

PHILIPPA
Oui, ne vous en faites pas.

NEVEN
Avez-vous choisi lequel de ces trois gentilshommes vous
épouserez ?

PHILIPPA
Ils sont tous plus stupides les uns que les autres.

NEVEN
Je ne saurai vous contredire sur ce point. Mais n'y en a-t-il pas un légèrement moins idiot que les autres ?

Philippa fixe le visage de Neven, qui regarde quant à lui en direction des prétendants.

PHILIPPA
Si, il y en a un.

NEVEN
Je serais bien curieux de savoir lequel !

Face au silence de la princesse, Neven lui adresse un nouveau regard.

PHILIPPA
Emmenez-moi.

NEVEN
Où ?

PHILIPPA
Peu importe. Enlevez-moi pour quelques heures. S'il vous plaît.

Neven observe la foule tout en prenant la main de Philippa. Ils courent en dehors de la scène.

SCÈNE 8

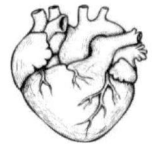

Neven, Philippa.
Port-Roy, province d'Ancourt.
Quelque part.

Neven et Philippa traversent plusieurs fois la scène en courant et en riant, avant de se laisser tomber sur le sol.

NEVEN
Le lieu vous convient-il Madame ?

PHILIPPA
Bien plus que cette salle de bal ! Mais je vous en prie,
appelez-moi Philippa.

NEVEN
Vous me faites trop d'honneur.

PHILIPPA
Alors rendez-moi la pareille. Dites-moi votre nom.

NEVEN
Vous le connaissez déjà.

PHILIPPA
Je ne parle pas du nom qui vous lie à votre père. Je parle du prénom unique à ce visage.

NEVEN
Je...

PHILIPPA
Voyons, qu'y a-t-il de si terrifiant dans le fait de me donner votre prénom ?

NEVEN
C'est que je n'ai pas pour habitude de le dire autour de moi.

PHILIPPA
Vous êtes donc un mystérieux voyageur au nom inconnu, passant de ville en ville pour commercer avec les Seigneurs et les Rois à bord de votre immense navire.

NEVEN
(amusé)
Nous pouvons dire cela, oui.

PHILIPPA
Oh ! Êtes-vous un pirate ?

NEVEN
Loin de là Madame. Je gagne honnêtement ma vie.

PHILIPPA
Bien sûr, excusez-moi.

NEVEN
Ne vous excusez pas. Je serais certainement devenu pirate si toutefois cela ne signifiait pas devoir piller et tuer pour vivre et s'enrichir.

PHILIPPA
Vous pourriez le devenir ?

NEVEN
Peut-être. Imaginez. La liberté la plus parfaite. Plus d'attache, nulle part. Juste vous, l'océan, et rien d'autre.

PHILIPPA
Tout cela semble si envoûtant.

NEVEN
C'est le cas.

PHILIPPA
Est-ce donc pour cela que vous ne souhaitez pas me dire votre nom ? Car vous pourriez devenir pirate ?

NEVEN
Aucunement Madame.

PHILIPPA
Je vous ai dit de m'appeler Philippa.

NEVEN
Mes aventures sont déjà assez palpitantes, je ne ressens pas le besoin de devenir hors la loi.

PHILIPPA
Je ne souhaitais pas vous offenser.

NEVEN
Ne me voyez-vous que comme un vulgaire marin prêt à tout pour sa richesse ?

PHILIPPA
Non, aucunement, je...

NEVEN
Pardonnez mon emportement, mais il me fâche que vous puissiez penser cela.

PHILIPPA

Je ne vous vois nullement comme un voleur, ni un hors-la-loi.
Mais comme un homme très attaché à sa liberté, voilà tout.

NEVEN

Et vous n'avez pas tort, je dois l'avouer.

Silence.

PHILIPPA

Vous est-il déjà arrivé de vous attacher ?

NEVEN

Comment cela ?

PHILIPPA

À un lieu ? De mouiller dans un port qui vous donne envie de
rester ?

NEVEN

Non, jamais. Mon navire est le seul endroit qui me fasse
véritablement sentir chez moi.

PHILIPPA

Et à quelqu'un ?

NEVEN
Je ne suis pas le genre d'homme à rester à terre pour cela non plus, mais...

PHILIPPA
Cependant, vous croyez en l'amour ?

NEVEN
En effet.

PHILIPPA
Très bien.

NEVEN
Que vous arrive-t-il ? Philippa ? Vous semblez contrariée.

PHILIPPA
Ce n'est rien. Je vais rentrer, Monseigneur sans nom. Je ne souhaiterais vous importuner plus longtemps.

Elle se lève et commence à partir.

NEVEN
Neven.

PHILIPPA
(après un silence)
Comment ?

NEVEN

Neven. Il s'agit de mon prénom. Je m'appelle Neven.

PHILIPPA

(la tête haute)

Et pourquoi me le dire maintenant ?

Neven se lève.

NEVEN

Car vous êtes contrariée.

*Il attrape la main de Philippa et la fait tourner pour être face
à face.*

NEVEN

Et que vous ne m'avez pas laissé terminer ma phrase.

PHILIPPA

Qu'y a-t-il donc à ajouter ? Vous l'avez dit vous-même, rien
ne vous retiendra jamais à terre. Je ne vous comprends pas,
Capitaine, et encore moins votre comportement à mon
égard.

NEVEN
Je ne suis pas le genre d'homme à rester à terre, en effet. Habituellement. Mais une rencontre récente commence à me faire changer d'avis sur ce point.

Silence.

NEVEN
Nous devrions y retourner. Votre assemblée va commencer à se poser des questions.

PHILIPPA
Quand repartez-vous en mer ?

NEVEN
Je l'ignore pour le moment. Retournons à votre cérémonie.

Neven vient poser un baiser sur la joue de Philippa, qui ferme les yeux. Il part en avant de la Princesse, puis se retourne vers elle. Elle n'a pas bougé.

NEVEN
Philippa ?

Philippa fixe Neven. Elle se jette sur le Capitaine et l'embrasse.

SCÈNE 9

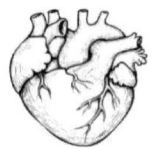

Neven.
Port-Roy, province d'Ancourt.
Dans le bureau de Neven.

NEVEN

Vous qui suivez mes écrits, lecteurs, spectateurs, serez certainement surpris par l'événement que je m'en viens vous conter. Ma pudeur me pousse à retenir ce que mon cœur souhaite vous hurler. Je choisis de vous conter cette histoire afin que le cri de mon cœur parcoure les siècles jusqu'à arriver à vos yeux. Si le temps ne peut encrer le sentiment dans la roche, nous, simples mortels, pouvons l'immobiliser dans le papier. Ce papier sera le monde et l'encre qui le recouvre frénétiquement une partie de moi que je vous abandonne. Comment donc commencer un conte comme celui-ci sans lui accorder la première phrase la plus évidente : tout commence avec une femme. Une femme qui un jour a fui le joug de son père. Une femme qui, transformée en homme, prit la mer et cru y trouver le seul amour de sa vie de fugitive. Jusqu'à ce jour où cet océan porteur de liberté en déchaîna un second, celui de son cœur. Je n'ai plus de contrôle sur l'orage qui bouscule mon sang. Comment un visage si opalin, peut-il tant brûler le mien ? Ce ballet de feu et de glace dans lequel je me trouve semble improbable et voué à se détruire par lui-même. Mais son baiser, lui qui aurait dû être mortel, a réuni ces deux éléments si loin l'un de l'autre. Cependant, je ne peux deviner le dénuement de ce qui se passe aujourd'hui. Le feu fera fondre la glace tandis que la glace étouffera le feu. Mon cœur s'est accroché à une autre femme. J'essaie de lâcher, mais sa volonté est bien plus forte que la mienne. Tout cela est impossible et finira mal si la situation perdure. J'ai souhaité pas plus tard qu'il y a quelques minutes écrire à Philippa. Arrêter ce massacre futur. Mais mes mots se perdaient en flatteries, en déclarations, en chants et en poèmes. Je suis prisonnière de moi-même et ma détermination n'a plus d'emprise sur le reste de mon corps. Chère Philippa, c'est à vous que je m'adresse désormais. Que mes mots et mes sentiments à votre égard s'inscrivent à travers le temps. Que leur cri résonne sur les océans, comme votre visage dans mon esprit et votre voix dans mes oreilles. Un jour, vous découvrirez ma véritable identité et fuirez loin de moi. Et cela sera normal, et certainement la chose la plus logique que vous pourrez faire. Sachez que peu importe ce que vous choisirez de faire de moi, j'accepterai sans broncher. Si mon cœur vous appartient depuis aujourd'hui, depuis ce baiser que vous avez vous-même déposé sur mes lèvres, il ne tient qu'à vous d'en disposer. Détruisez-le si cela vous semble juste. Jetez-le, brûlez-le, faites couler de lui le sang qui le rend si vivant. Lorsque ce jour arrivera, je ne vivrai plus. Peut-être lirez-vous ces lignes un jour. Peut-être que non. Mais si vous les tenez entre les mains et que vous m'avez laissé la vie sauve, alors je suis déjà loin. Mais mon cœur, lui, n'est plus à battre dans ma poitrine. Vous m'avez demandé, douce Philippa, si une femme pourrait un jour me faire rester à terre. Aujourd'hui, mon corps est en mer, mais mon cœur, lui, dans vos mains, sur cette terre ferme sur laquelle chaque jour votre pied délicat se pose. Je suis déjà morte à l'heure qu'il est, et vous me haïssez très certainement. Je souhaiterais être aussi sage que ce que vous avez-vu à notre première discussion, où j'ai pris plaisir à vous raconter mes aventures. Mais je suis bien trop égoïste pour cela. C'est pourquoi l'idée que vous puissiez me haïr me réconforte, car je sais que d'une manière ou d'une autre, vous pensez encore à moi. Quoi de plus égoïste que d'aimer ? Je garderai en moi l'image de votre douceur, et la laisserait me consumer jusqu'à disparaître dans l'Océan qui me porte depuis tant d'année. Princesse, vous m'avez arraché cette liberté que j'aimais tant. Et j'accepte de vous la céder. Je vous aime.

Neven.

SCÈNE 10

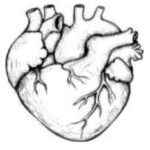

Philippa, Ermeline.
Port-Roy, province d'Ancourt.
Chambre de Philippa.

Philippa danse et chantonne. Entre Ermeline.

PHILIPPA
Ah te voilà ! As-tu le thé que je t'ai envoyé chercher ?

ERMELINE
Le voici Madame.

PHILIPPA
Installe-toi donc avec moi, prenons en une tasse.

ERMELINE
Je vous remercie Madame.

PHILIPPA

Voyons, ne me remercie pas ! Depuis combien d'année es-tu
ma nourrice et ma confidente ?

ERMELINE

Bien longtemps ! Et je suis muette comme une tombe, soyez
en certaine.

PHILIPPA

Je n'en ai jamais douté ! C'est bien pour cela que tu es
toujours à mes côtés après tant d'années.

ERMELINE

C'est un honneur pour moi.

PHILIPPA
(après un silence)
J'ai choisi.

ERMELINE

Qu'avez-vous choisi ?

PHILIPPA

J'ai choisi mon futur époux.

ERMELINE

Oh, Madame ! Est-ce vrai ?

PHILIPPA
Rien ne serait plus vrai que cela !

ERMELINE
L'avez-vous donc déjà annoncé à votre père ?

PHILIPPA
C'est que ce n'est pas aussi simple que ce que tu pourrais
croire.

ERMELINE
Dites-moi ? Pourquoi donc cela serait-il compliqué ?

PHILIPPA
Il ne s'agit pas d'un des prétendants de mon père.

Silence.

ERMELINE
Vous parlez de ce marin, n'est-ce pas ?

PHILIPPA
Ne dis pas cela avec tant de mépris.

ERMELINE
Mais Madame, vous êtes fille du Roi. Votre père n'acceptera
certainement pas qu'un simple

Capitaine de navire marchand vous épouse. Vous avez besoin d'un mari avec une situation qui...

PHILIPPA
Détrompe-toi Ermeline. Il n'est pas un simple Capitaine. Je l'ai entendu de sa propre bouche ! Il est le fils d'un grand Seigneur, et donc peut prétendre à m'épouser !

ERMELINE
Seigneur ! En êtes-vous certaine ?

PHILIPPA
Je n'ai jamais été aussi sûre de moi !

ERMELINE
Êtes-vous vraiment sûre qu'il ne vous a point menti ?

PHILIPPA
Pourquoi dis-tu cela ?

ERMELINE
Madame... Comme je vous l'ai dit, il ne serait pas surprenant, étant donné votre condition et la sienne, qu'il use de subterfuges pour vous séduire.

PHILIPPA

Que le Ciel m'en soit témoin, il ne m'a point menti. Je t'en fais la promesse.

ERMELINE

Dans ce cas Madame, je vous crois.

PHILIPPA

Il ne me reste plus qu'à l'annoncer à père.

ERMELINE

Souhaitez-vous que je vous y aide ?

PHILIPPA

As-tu une idée ?

ERMELINE

Il faut que vous soyez convaincante. Le Roi s'attend à ce que vous épousiez un des trois hommes qu'il a choisis et va être surpris. Nous pourrions vous préparer un discours ? Vous l'apprendriez et lui réciteriez avec poésie. Il serait certainement comblé, et les sentiments sont toujours plus clairs une fois écrits et contés.

PHILIPPA

Mais je n'ai pas cette plume aussi délicate, et je doute que tu puisses l'écrire à ma place.

ERMELINE

Prenons quelques jours pour essayer. Si nous y parvenons, vous pourrez faire l'annonce à votre père comme nous l'avons dit. Dans le cas contraire, il vous faudra user de moyens plus conventionnels.

PHILIPPA

Bien ! Par où commençons-nous ?

ERMELINE

Peut-être pourriez-vous commencer par inscrire les sentiments de votre cœur ?

PHILIPPA

Tâche plus compliquée qu'il n'y parait.

ERMELINE

Essayez.

PHILIPPA

Je ne suis vraiment pas certaine d'y parvenir.

ERMELINE

Bien. Laissez-moi donc prendre une plume et un support et parlez-moi de ce seigneur qui saisit votre cœur. J'y inscrirai moi-même vos sentiments.

PHILIPPA
Il me vient une histoire contée par un poète grec...

ERMELINE
Raconte-t-elle fidèlement vos sentiments ?

PHILIPPA
Je crois, oui.

ERMELINE
Alors je vous écoute.

SCÈNE 11

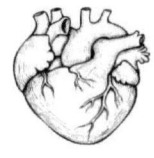

Amalric, l'espion.
Port-Roy, province d'Ancourt.
Taverne.

L'espion est assis à une table. Amalric vient s'asseoir auprès de lui.

AMALRIC
Je vous ai dit que nos entrevues devaient être discrètes !

L'ESPION
Calmez-vous.

AMALRIC
Si on venait à nous surprendre, je...

L'ESPION
Taisez-vous. Votre voix m'insupporte. J'ai pour vous une nouvelle qui mérite que vous preniez ce risque.

AMALRIC
Dites-moi.

L'ESPION
Bien. Votre Capitaine, il ne commerce pas seulement avec le
Roi.

AMALRIC
Comment cela ? A-t-il un autre commerce de si grosse
ampleur ?

L'ESPION
Bien mieux encore que cela. Il voit une femme.

AMALRIC

Neven a toujours eu du succès auprès des femmes. N'êtes-
vous donc venu ici que pour me conter une histoire dont j'ai
déjà entendu le refrain à maintes reprises ?

L'ESPION
Vous vous méprenez. Il ne voit pas n'importe quelle femme.
Il a séduit la fille du Roi.

AMALRIC
Sa fille ? Vous en êtes certain ?

L'ESPION

Je sais reconnaître ces gens-là. Toujours à jouer les puritains et tirés à quatre épingles dans la moindre des situations. Cette femme est de sang royal.

AMALRIC

Mais comment pourrait-il courtiser la fille du Roi ? Il n'a absolument aucun rang !

L'ESPION

Ceci est votre affaire, certainement pas la mienne.

AMALRIC

Dites-m'en plus.

L'ESPION

Que voulez-vous que j'ajoute à cela ?

AMALRIC

A-t-elle succombé à ses charmes ?

L'ESPION

Vous en seriez jaloux.

AMALRIC

Diable !

L'ESPION

Pourquoi vous emporter ? Serait-ce par jalousie ?

AMALRIC

Pas moins par jalousie que par intérêt. Vous comprenez que si la fille du Roi est promise au Capitaine de l'Eleftheria, il me sera plus que compliqué de lui soutirer ses biens. Je n'y risque pas seulement ma renommée, mais aussi ma vie.

L'ESPION

Je vous arrête immédiatement. Le Capitaine et la Princesse ne sont pas encore promis l'un à l'autre.

AMALRIC

Comment pouvez-vous en être certain ?

L'ESPION

Vous me payez pour regarder, j'observe. Je sais reconnaître un premier baiser lorsque j'en vois un. Et croyez-moi que celui qu'ont pu échanger vos deux tourtereaux n'était pas conventionnel. La spontanéité du geste n'avait rien de similaire.

AMALRIC

En êtes-vous sûr ?

L'ESPION

J'en mettrai ma main à couper.

AMALRIC
Oui, ou bien ma tête.

L'ESPION

Voyons. Ne pensez-vous pas que le Roi, qui souhaite tant marier sa fille, aurait annoncé la nouvelle à ses sujets s'il l'avait véritablement promise au Capitaine ?

AMALRIC
Vous n'avez pas tort.

L'ESPION
Ce baiser n'avait rien d'autorisé, je peux vous l'assurer. Vous comprenez ? Neven subtilise le cœur de la Princesse sans l'accord du père de la demoiselle.

AMALRIC
Oh...

L'ESPION
Vous pouvez donc vous assurer la réussite de votre affaire. Il ne sera pas compliqué de détourner l'attention du Capitaine. D'autant que j'ai en ma possession ceci.

Il sort une lettre.

AMALRIC
Qu'est-ce que c'est ?

L'ESPION
Ceci est une lettre écrite de la main du Capitaine de l'Eleftheria à destination de la Princesse, qui contient le lieu et l'heure de leur prochain rendez-vous.

AMALRIC
Où l'avez-vous trouvée ?

L'ESPION
J'ai fait un marché avec l'homme que l'on avait chargé de la transporter.

AMALRIC
Vous l'avez payé ?

L'ESPION
Qui a besoin de payer un ivrogne ? Je lui ai simplement dit qu'il pouvait aller perdre son temps à la taverne, puisque j'allais m'occuper moi-même de sa mission. J'ai donc toutes les informations que vous souhaitiez.

AMALRIC
Alors nous touchons au but. Merci pour votre précieux travail.

L'ESPION
Vous me payez pour cela, ne l'oubliez pas.

SCÈNE 12

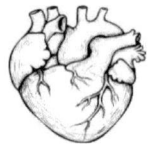

Philippa, Neven, Ermeline
Port-Roy, province d'Ancourt.
Chambre de la Philippa.

Philippa reçoit une lettre de Neven.

NEVEN
Ma bien-aimée Philippa. Depuis notre dernière entrevue,
votre absence m'est pesante et il me peine de faire supporter
un tel poids à mon cœur. Que ne rêverais-je de vous noyer
sous les éloges si je vous avais sous mes yeux.

Ermeline entre sur scène.

NEVEN
Votre doux sourire semble s'illuminer dans le ciel étoilé
chaque soir que je regarde vers lui. Mais tout me semble si
fade. J'aimerais une fois de plus voir la lumière de votre
visage face au mien et vous peindre dans mon esprit afin que
jamais vous n'en disparaissiez. Je resterai à terre

quelques jours de plus que ce que je vous avais affirmé. Si votre cœur brûle autant que le mien, je vous attendrai dès demain à la nuit tombée dans ce même lieu où vous m'avez soulevé à cette terre.

Philippa jette la lettre et sort en courant, heureuse. Ermeline la ramasse et lit la fin de celle-ci.

NEVEN

Post-scriptum : je ne veux plus avoir aucun secret pour vous. Si vous le désirez, je vous révélerai tout sur moi lors de ce rendez-vous. Il est temps que vous sachiez qui je suis.

SCÈNE 13

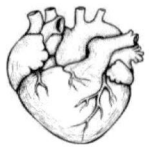

Amalric, Geoffroy, Arnaud, Frédéric.
Port-Roy, province d'Ancourt.
Taverne.

GEOFFROY
Quand ?

AMALRIC
Demain, à la tombée de la nuit. Je sais où notre cher ami a tendance à passer ses soirées depuis peu. Il sera là-bas.

ARNAUD
Quel est le plan ?

GEOFFROY
Peu importe tant que nous l'attrapons...

ARNAUD
Non, peu n'importe pas. Tu connais toi-même Neven. Il t'a humilié plus d'une fois. Il ne s'agit pas de le sous-estimer.

GEOFFROY
Redis ça !

FRÉDÉRIC
Je n'en reviens pas ! Calmez-vous vous deux, j'en ai assez de
vous entendre geindre !

ARNAUD
Dans ce cas dis-nous quel est le plan !

AMALRIC
Une embuscade. Simple et efficace. Nous tendons un piège à
Neven, nous l'enfermons dans la cale de son propre navire,
récupérons ses biens et le tour est joué.

FRÉDÉRIC
Je rejoins cependant ce que disait notre ami. Neven est
l'homme le plus malin que je connaisse. Il ne se laissera
certainement pas faire aussi facilement.

AMALRIC
Neven est suffisamment distrait en ce moment pour que
nous frappions.

ARNAUD
Distrait ?

AMALRIC
Son cœur est entiché d'une femme.

GEOFFROY
Son arrogance plaît-elle donc tant que cela ?

FRÉDÉRIC
Peu importe. C'est une nouvelle qui tombe à pic. Mais es-tu
sûr qu'il rejoindra cette femme demain ?

AMALRIC
Plus que certain. Mon homme chargé de le surveiller a
intercepté un échange entre lui et cette femme. Leur rendez-
vous sera bel et bien demain à la tombée de la nuit, dans ce
coin reculé où il passe son temps à chanter. Nous le
trouverons là-bas.

ARNAUD
Prévoyons quelques hommes avec nous. On n'est jamais trop
prudent.

GEOFFROY
Bien. Mais assurez-moi d'une seule chose avant que nous
rompions cette entrevue.

FRÉDÉRIC
Quoi donc ?

GEOFFROY
Lorsque nous aurons Neven, laissez-moi régler mes comptes avec lui.

AMALRIC
Soit. Il ne nous sera plus d'aucune utilité, tu pourras en disposer.

ACTE III

SCÈNE 1

Neven, Philippa, Amalric, Geoffroy, Arnaud, Frédéric.
Port-Roy, province d'Ancourt.
Quelque part.

Neven déjà sur scène. Entre Philippa.

NEVEN
(avec un sourire)
Vous êtes en retard.

PHILIPPA
Un léger contre-temps m'a empêché de quitter plus tôt le
palais.

NEVEN
Je suis ravi que vous ayez répondu à mon invitation.

PHILIPPA
Comment aurait-il pu en être autrement ?

NEVEN
J'ai pensé que vous ne viendriez pas.

PHILIPPA
Croyez-moi, Neven, que rien ne me fera jamais plus plaisir
que de vous rejoindre.

Silence.

NEVEN
Philippa...

Nouveau silence.

NEVEN
Méfiez-vous de moi.

PHILIPPA
Pourquoi ferais-je une chose pareille ?

NEVEN
Je ne suis pas celui que vous croyez. J'ai des secrets.

PHILIPPA
Qui n'en a pas ?

185

NEVEN
Des secrets qui pourraient vous détruire.

PHILIPPA
Qu'en ai-je donc à faire ?

Nouveau silence.

PHILIPPA
Vous me tenez un discours envers vous-même comme si vous étiez un monstre. Je n'y crois pas un seul instant. Votre visage trahi une douceur que je n'ai jamais perçue chez un autre. Vous ne me ferez pas croire que des yeux si doux peuvent renfermer quelqu'un de mauvais. Cessez de me mentir pour me protéger. Je sais ce que je veux.

NEVEN
Et que voulez-vous ?

PHILIPPA
Je l'espère, la même chose que vous.

Neven et Philippa rapprochent, puis commencent à danser. Au fur et à mesure que se déroulent leurs mouvements, la tension entre eux monte. La danse s'accélère jusqu'à les mener au sol. Philippa ouvre la chemise de Neven, dévoilant son torse. Elle s'arrête et recule, prise par l'effroi.

NEVEN
Philippa, je...

PHILIPPA
Comment avez-vous osé ?

NEVEN
Je n'ai pas...

PHILIPPA
COMMENT AVEZ-VOUS OSÉ JOUER AVEC MOI DE LA
SORTE ?

NEVEN
Il n'a jamais été question de jouer !

PHILIPPA
Vous vouliez cela depuis le début ! Sorcière ! Harpie ! J'étais
prête à me donner à vous et vous m'avez trompée !

NEVEN
Non ! Je n'ai jamais voulu cela !

PHILIPPA
Menteuse ! Traîtresse !

NEVEN
Philippa je vous en prie !

PHILIPPA
Comment ai-je pu être si naïve ?

NEVEN
Je...

PHILIPPA
Vous m'avez trahie !

Philippa sort en courant de scène en courant.

NEVEN
Non ! Attendez ! Philippa !

Neven reste sur scène, se rhabillant petit à petit. Paraissent alors Amalric et les autres Capitaines.

GEOFFROY
Tiens, tiens, tiens. Mais regardez qui voilà.

ARNAUD
On s'est bien amusé, Capitaine ?

NEVEN
Foutez-moi la paix.

AMALRIC
Alors c'est dont vrai, Neven ? Vous ne faites pas que
commercer avec le Roi, n'est-ce pas ?

*Neven ne répond pas. Amalric indique aux trois autres de
l'attraper.*

AMALRIC
Voyez-vous, camarade, il est possible qu'aujourd'hui marque
la fin de votre petit empire.

NEVEN
Vous n'avez donc aucun honneur ?

AMALRIC
Honneur ? Non. Mais je suis un homme riche désormais. Et je
te remercie d'avoir fait ma fortune.

NEVEN
Je ne vous autorise pas à me tutoyer, vermine.

AMALRIC
Qui t'a demandé l'autorisation ? Tu n'es pas en position de
l'ouvrir.

NEVEN
Qu'allez-vous faire ?

AMALRIC
Messieurs.

Les Capitaines frappent Neven, qui se débat.

AMALRIC
Il n'est pas question de ce que je vais faire, mais de ce que
nous allons faire. Car nous allons tout te prendre.
Absolument tout. Ton équipage. Ton commerce. Tes biens. Et
l'Eleftheria.

NEVEN
Ne pose pas tes sales pattes sur mon navire !

AMALRIC
Crois-tu vraiment être en position pour négocier ?

Il lui assène un violent coup au ventre.

NEVEN
Ose poser ne serait-ce qu'un pied sur mon vaisseau et je jure
que je pendrais ton corps à tes propres intestins.

AMALRIC
Mon ami. Tu seras mort avant cela.

NEVEN
Comment peux-tu te prétendre marin, Amalric, lorsque tu
agis comme le plus pathétique des pirates ?

AMALRIC
Mais voyons Capitaine. La piraterie n'est qu'une forme de
commerce, elle aussi.

NEVEN
Pourriture.

AMALRIC
Nous en reparlerons lorsque ton corps ne ressemblera plus
qu'à un amas de chair dans la cale de ton propre navire et
que je me ferai un plaisir à laver le pont moi-même avec ton
sang. Emmenez-le.

NEVEN
Lave donc le pont de l'Eleftheria avec mon sang et je jure
devant le Ciel que je reviendrai de l'Enfer pour torturer moi-
même ton âme et ton corps, sans que tu ne puisses jamais
mourir !

SCÈNE 2

Philippa, Ermeline.
Port-Roy, province d'Ancourt.
Chambre de Philippa.

Philippa pleure.

ERMELINE
Madame ? Puis-je entrer ?

PHILIPPA
Laisse-moi seule.

ERMELINE
Quels sont ces pleurs qui vous submergent ?

PHILIPPA
Des pleurs de rage et de honte, Ermeline.

ERMELINE
Contez-moi.

PHILIPPA

Je ne suis pas certaine de pouvoir t'expliquer cela.

ERMELINE

Il s'agit de lui, n'est-ce pas ?

Philippa ne répond pas.

ERMELINE

Vous a-t-il violentée ? Dois-je prévenir la garde ?

PHILIPPA

Non. Laisse-moi.

ERMELINE

Madame...

PHILIPPA

Dès demain, tu iras dire à mon père que j'ai choisi lequel des prétendants qu'il m'a présentés je prendrais comme époux.

ERMELINE

Ainsi, il a brisé votre cœur.

PHILIPPA
(en sanglots)
Cesse d'en parler, je t'en supplie ! Je ne peux te conter cette histoire, alors je t'en prie cesses d'en parler ! Mon cœur brûle. Il a été transpercé par un pieu qui se serre à chaque battement et me fait mal ! J'ai un trou béant dans la poitrine, Ermeline ! Et je n'en peux plus. Je n'en peux plus.

Philippa fond en larmes dans les bras d'Ermeline.

ERMELINE
Vous rappelez-vous, Madame, de ce temps où vous étiez encore petite et courriez dans les couloirs en vous cachant de moi ? Je hurlais votre prénom, car j'avais peur que vous vous blessiez, ou même quittiez le château sans escorte. Un jour, vous vous êtes bloqué la jambe sous une des armures du couloir que vous aviez fait tomber. Vous rappelez-vous comme j'avais eu peur ? Mais vous n'aviez pas mal. Votre blessure venait de votre sentiment de honte. Je vous ai alors dit quelque chose.

PHILIPPA
Tu m'as dit que je n'avais pas à pleurer. Qu'un objet était comme un cœur : même brisé, nous pouvons le réparer.

ERMELINE
Aujourd'hui, votre cœur est brisé par l'amour. Il ne tient qu'à vous de le reconstruire. Et je serais toujours là pour vous y aider.

PHILIPPA
C'est bien plus compliqué que cela.

ERMELINE
Rien n'est plus compliqué quand il s'agit du cœur. Cela demande seulement plus de temps.

PHILIPPA
Merci pour tes mots.

ERMELINE
Ne me remerciez pas encore. Sachez juste que je suis là pour vous écouter.

PHILIPPA
Peut-être plus tard Ermeline. Je dois rester seule un moment avec mes pensées.

SCÈNE 3

Amalric, Geoffroy, Frédéric et Arnaud.
Port-Roy, province d'Ancourt.
L'Eleftheria.

On entend Neven hurler en coulisses, tandis qu'Amalric,
Frédéric et Arnaud trinquent à leur victoire. Geoffroy parait
sur scène, les bras couverts de sang.

AMALRIC
Alors ? Il semble qu'il ne puisse désormais plus hurler ! En
as-tu tout de même gardé un peu pour plus tard ?

Silence.

ARNAUD
Que se passe-t-il ?

Nouveau silence.

FRÉDÉRIC
Écoute l'ami, peu importe que tu l'aies déjà tué ! Il t'était
promis quoi qu'il en soit.

GEOFFROY
Qui avez-vous enfermé dans la cale ?

AMALRIC
Quelle question !

ARNAUD
La vengeance te fait-elle donc tourner la tête ?

GEOFFROY
Répondez-moi ! Qui avez-vous enfermé dans la cale ?

FRÉDÉRIC
Neven, voyons ! Mais qu'est-ce qui te prend à la fin ?

GEOFFROY
Non... Non... Ce n'est pas...

ARNAUD
Cela suffit ! Tu étais avec nous lorsque nous avons tendu
cette embuscade. Tu l'as descendu avec nous dans la cale.
Alors arrête ça et reprends-toi !

GEOFFROY
Ce n'est pas possible...

FRÉDÉRIC
Matelots ! Remontez le prisonnier !
(aux autres)
Nous allons bien voir ce qu'il y a de si déstabilisant !

Les matelots remontent Neven, couverte de sang. Le haut de son corps est nu.

AMALRIC
Qui est-ce ? Qui est cette femme ?

FRÉDÉRIC
Je vous ai demandé de remonter le prisonnier ! Qui est-ce ?

Neven rit difficilement.

MARIN 1
Mais Capitaine, c'est...

MARIN 2
C'est le prisonnier que vous...

ARNAUD
Qui êtes-vous ?

NEVEN

Voyons messieurs. Ai-je vraiment besoin de mon habit pour que vous me reconnaissiez ?

Nouveau silence.

NEVEN

(crachant au sol)

Toi là, Amalric, ne me remets-tu donc pas ? Ma voix n'éveille-t-elle pas en toi quelques souvenirs ?

AMALRIC

Neven ?

NEVEN

Enfin ! Décidément ! Vous êtes tous plus écœurants les uns que les autres !

FRÉDÉRIC

Ce n'est pas possible...

NEVEN

Quoi de plus possible que cette situation, messieurs ?

ARNAUD

C'est une femme !

NEVEN
Cela vous étonne donc tant ?

GEOFFROY
C'est de la sorcellerie ! Neven est passé dans le corps d'une
femme ! Nous sommes damnés !

NEVEN
Ne soyez pas stupides !

GEOFFROY
Taisez-vous démon !

AMALRIC
Amenez-la devant moi.

*Les matelots tirent Neven devant Amalric. Elle peine à
marcher et tousse régulièrement du sang. Amalric lui attrape
le visage d'une main et la fixe longuement. Alors que leurs
regards restent plongés l'un dans l'autre, ils se mettent tous
deux à rire.*

GEOFFROY
Qu'est-ce qui vous fait rire comme ça ?

AMALRIC
Votre stupidité, chers camarades.

FRÉDÉRIC
Et que se passe-t-il au juste ?

ARNAUD
Parle, nom de dieu !

AMALRIC
Ne reconnaissez-vous donc pas ce visage ? Il s'agit bien d'un visage de femme, maintenant que vous le dites. Mais certainement pas de sorcellerie. Ce visage, je le connais et c'est celui du Capitaine de l'Eleftheria. Neven, notre prisonnier, est une femme. Et il l'a toujours été.

NEVEN
Félicitations ! Il était temps que vous fassiez preuve de jugeote !

AMALRIC
Comment ? Comment aussi longtemps ? Et comment personne n'a pu le découvrir ?

NEVEN
J'ai toujours fait preuve de bien plus de finesse que toi.

AMALRIC
Peu importe. Femme ou pas, ce n'est pas toi qui m'intéresses. C'est tout ça. Tu vois, désormais, tout est de retour à sa place : toi avec la poussière et les hommes aux commandes.

Neven se débat violemment.

NEVEN
Répète donc ça, que je te transperce le ventre !

Amalric lui tire les cheveux en arrière.

AMALRIC
J'ai dit que tu allais retourner à ta place.

Neven lui crache au visage.

NEVEN
Prends donc ton épée et bats-toi. Nous verrons bien qui retournera à sa place !

AMALRIC
Allons, allons. Je ne vais tout de même pas me battre avec une femme.

NEVEN
Une femme qui a déjà tué la moitié de ton équipage le jour où tu as voulu prendre son navire. Alors vas-y, montre-nous à quel point tu es pathétique.

AMALRIC
(se penchant vers Neven)
Sans intérêt. Maintenant, tout ce pourquoi tu t'es battue nous appartient. L'Eleftheria a un nouveau Capitaine, à qui il appartient de décider de ton sort.

Il se tourne vers Geoffroy.

AMALRIC
Quelle sera la sentence ?

NEVEN
Toi...

GEOFFROY
Je ne sais quoi faire...

NEVEN
Le traître reste sans voix ! Je t'avais donc bien jugé lorsque j'ai dénoncé tes échanges frauduleux. Que vas-tu faire désormais ? Revendre ta camelote au Roi sous le nom de mon navire ?

AMALRIC
Fais ton choix ! Que vas-tu faire de lui ?

GEOFFROY
D'elle ! Puis-je véritablement condamner une femme à
mort ?

NEVEN
T'entendre parler est déjà un supplice.

AMALRIC
C'est ça, le nouveau Capitaine de ce puissant vaisseau ?

FRÉDÉRIC
Veux-tu bien la fermer ? Tout n'est pas aussi simple que ça !

AMALRIC
Et en quoi ?

ARNAUD
C'est une femme bon sang !

AMALRIC
Oui ! Une femme qui se présente comme un homme. Une
femme qui vous a humiliés, tous, les uns après les autres. Qui
a tué certains de vos hommes et ruiné vos affaires. Cette
femme veut que l'on la connaisse comme un homme, alors
elle doit être traitée comme tel.

Geoffroy place son arme sous le cou de Neven.

AMALRIC

Voilà. Peu importe son sexe. C'est Neven, Capitaine de l'Eleftheria. La personne qui a défait ta fortune. Et Neven mérite la mort. C'est le moment ou jamais pour assouvir ta vengeance. Récupère ce butin que l'on t'a volé.

FRÉDÉRIC

Geoffroy...

GEOFFROY

Fermez-la ! Que personne n'ouvre plus la bouche sur mon navire !

NEVEN

Regarde-toi. Comment pourrais-tu être son Capitaine ? Tu es faible.

GEOFFROY

Ferme-la.

NEVEN

Tu vas devoir me faire avaler ma langue pour ça.

AMALRIC

Tue-la !

Geoffroy fait mine de frapper Neven avec sa lame, mais finit par l'assommer avec le pommeau de celle-ci.

GEOFFROY
Redescendez-la aux cales. Obéissez à votre nouveau Capitaine.

Les marins emmènent Neven. Geoffroy menace Amalric avec son arme.

GEOFFROY
Et toi, oses me donner un ordre et je te tuerai à sa place.

AMALRIC
N'oublie pas grâce à qui tu en es là, Geoffroy. Libre à toi de ne pas te venger de Neven, mais tu m'es redevable.

Il pousse nonchalamment l'épée.

AMALRIC
Alors reste bien à ta place.

Amalric, Arnaud et Frédéric sortent de scène.

SCÈNE 4

Martin, Philippa.
Port-Roy, province d'Ancourt.
Chambre de Philippa.

MARTIN
(hors scène)
Votre Altesse ?

Silence.

MARTIN
(hors scène)
Il y a quelqu'un ?

PHILIPPA
Qui est là ?

MARTIN
Martin Bethja, Madame. Je suis le second de Neven de
Carran.

PHILIPPA
Dans ce cas, partez !

MARTIN
Madame, je viens vous trouver en urgence. Je sais que vous tenez à mon Capitaine autant que moi. Il est en danger.

PHILIPPA
Peu m'importe ! Je sais qui il est ! Elle est ! Je le sais, Monsieur et n'ai donc aucune envie d'en entendre parler !

MARTIN
Je sais que vous l'avez appris. Et je ne vous importunerais pas si cela n'était pas une question de vie ou de mort.

Silence.

PHILIPPA
Entrez.

Martin entre.

MARTIN
Je vous remercie.

PHILIPPA
Depuis quand êtes-vous au courant ?

MARTIN
Depuis toujours.

PHILIPPA
Et pourquoi donc n'en avez-vous pas référé aux autorités
immédiatement ?

MARTIN
Madame, pour la même raison que vous n'en avez pas averti
votre père.

PHILIPPA
Ne sous-entendez pas savoir ce à quoi je pense !

MARTIN
Loin de moi cette idée. Je ne souhaite pas vous offenser.

PHILIPPA
Dites-moi pourquoi.

MARTIN
Madame, l'heure n'est pas à vous conter mon histoire. Neven
est en danger. Elle est aux mains d'un bourreau depuis le
lever du jour. Ses hurlements font trembler le navire et...

PHILIPPA

Vous êtes son second n'est-ce pas ? Allez-y donc vous-même !

MARTIN

Nous ne sommes plus maîtres à bord.

Nouveau silence.

MARTIN

Votre Altesse, vous devez m'aider.

PHILIPPA

Comment pourrais-je vous aider à la sauver, quoi qu'il en soit ?

MARTIN

Vous êtes la Princesse. Son seul espoir.

PHILIPPA

Expliquez-moi, monsieur, comment une personne, aussi folle puisse-t-elle être, pourrait aller sauver celle qui a abusé de sa confiance et l'a trahie ?

MARTIN

Je ne peux vous convaincre moi-même, madame, de me suivre, je l'ai bien compris. Cependant, laissez-moi vous donner quelque chose.

Martin sort la lettre de Neven.

MARTIN
Je l'ai trouvée dans le bureau de mon Capitaine. Elle vous est destinée.

Philippa prend la lettre.

MARTIN
Prenez le temps de la lire. Et faites votre propre choix.

PHILIPPA
Qu'est-ce que c'est ? L'avez-vous lue ?

MARTIN
Oui, madame. Mais je ne peux vous conter ce qui y est écrit. C'est à vous seule de le découvrir.

PHILIPPA
Je ne la lirai pas. Pas avant que vous m'ayez tout expliqué.

MARTIN
Ainsi soit-il. Mon histoire commence il y a six ans. J'étais un marin sans équipage, un errant sans raison, avachi sur les quais. Sans but et donc sans volonté. Moi qui avais un honneur, dirais-je un grand sens de l'amour-propre, je

déplorais la forme de mon existence. N'avais-je donc pris ma liberté que pour finir ici, misérable ? Tout cela n'avait plus aucune cohérence, aucun sens. J'étais donc sur ce quai à refuser la réalité, à demi-conscient du monde qui m'entourait, lorsque je reçus un seau d'eau sur mon visage de pouilleux. Voilà ma première rencontre avec Neven. J'ai ouvert les yeux et vu un jeune homme élégant, fier, qui me fixait là, un sourire aux lèvres. J'ai d'abord pensé qu'il cherchait à m'insulter, jusqu'à ce qu'il me tende la main pour m'aider à me relever. Je n'ai pas compris, les premiers temps, pourquoi il m'avait relevé. Moi, le désespéré qui se laissait mourir sur les quais. Il m'a demandé où il pourrait trouver un équipage. Il venait de laisser sa fortune, disait-il, pour acheter un navire, avec lequel il souhaitait lancer son affaire. Je lui ai indiqué l'endroit où l'on trouvait les meilleurs matelots. Et il est parti. Je me suis collé mon propre poing dans la figure. J'étais stupide, là, à me lamenter, à conseiller des marins que je ne connaissais même pas alors que j'aurais pu me proposer pour son offre. J'ai regardé les clapotis de l'eau le long des coques. Je ne sais pas combien de temps. Peu, je suppose. Tout semble toujours plus long lorsque l'on songe à son existence. Je regardais ces petits mouvements de la mer, lorsque la voix de Neven m'est revenue aux oreilles. Il a crié : "Toi ! Ce soir, au coucher du soleil, rends-toi devant l'Eleftheria qui mouille dans ce port. Et ne me fais pas fausse route !". Je me suis retourné, mais impossible de distinguer sa silhouette. Impossible de savoir si ce que j'avais entendu m'était adressé. Mais à cet instant, une légère lueur d'espoir s'est allumée au fond de moi. Alors j'ai attendu. Des heures. J'ai attendu en observant le navire qu'il m'avait indiqué. Il était grand, fier. Lorsque le visage du Capitaine me reparut, je n'y croyais plus. Il m'a convié à bord et a fait de moi son second. Il ne m'a pas fallu longtemps, à l'époque, pour comprendre que mon Capitaine était une femme. J'aurais pu, Madame, dénoncer cette tromperie, au lieu de quoi je l'ai aidée à le cacher. Vous vous demandez pourquoi ? Je vais vous le dire. Ce soir-là, où Neven de Carran fit de moi son second, elle m'a expliqué pourquoi elle faisait cela. Non pas par pitié, encore moins par charité. Elle m'a vu sur ce quai et a vu le reflet de ce qu'elle aurait été elle-même au fond de son âme si elle n'avait pas abandonné tout ce qu'elle avait pour prendre sa liberté. Alors lisez cette lettre, ou ne la lisez pas. Mais Neven est une femme pure, qui sait lire à l'intérieur de nos cœurs. Il ne tient qu'à vous de lui sauver la vie.

Martin sort de la pièce. Philippa regarde la lettre très longuement, puis finit par l'ouvrir.

SCÈNE 5

Philippa, Neven.
Port-Roy, province d'Ancourt.
Sur l'Eleftheria.

Philippa entre dans le coin de la scène. Neven, une chemise sur le dos, est inconsciente et couverte de sang. La Princesse cherche à l'aide d'une lanterne dans la cale. Elle appelle Neven à plusieurs reprises, sans succès. Elle cherche encore un moment et finit par se laisser tomber sur les genoux. Désespérée, elle ressort la lettre, qu'elle relit. Neven commence à bouger. Philippa se relève en sursaut.

PHILIPPA
(Murmurant)
Il y a quelqu'un ?

Aucune réponse ne se fait entendre, à part un geignement de douleur de Neven.

PHILIPPA
(Murmurant encore)
Qui est là ?

Elle avance sur scène et découvre Neven. Elle se jette à ses côtés.

PHILIPPA
Oh mon Dieu !

Philippa prend Neven dans ses bras.

PHILIPPA
Répondez-moi ! Neven ! C'est moi !

Aucune réponse. Neven est inconsciente.

PHILIPPA
C'est moi...

Elle pose ses mains sur son visage, et l'embrasse. Neven ne bouge toujours pas.

PHILIPPA
Je vous en prie, réveillez-vous !

Philippa s'effondre sur le corps de Neven, qui se réveille, haletante et prise de panique.

PHILIPPA
C'est moi ! Calmez-vous ! C'est moi !

Neven cherche où elle est, puis se rend compte de la présence de Philippa.

NEVEN
Qui êtes-vous ?

Silence.

NEVEN
Qui êtes-vous ? Démon !

PHILIPPA
Il ne s'agit que de moi ! Philippa ! Ne me reconnaissez-vous donc pas ?

Neven se lève, chancelante.

PHILIPPA
Ne vous levez pas ! Vous êtes trop affaiblie !

NEVEN
Une dernière fois, qui êtes-vous ?

PHILIPPA
Que s'est-il passé pour que vous puissiez ainsi oublier ce visage ?

NEVEN
Qui crée ces hallucinations dans mon esprit ?

PHILIPPA
Je ne suis pas une hallucination. Neven, regardez-moi.

NEVEN
Comment peux-tu oser apparaître devant moi, démon, ainsi déguisé en celle qui représente ma plus grande faiblesse ? M'as-tu crue stupide au point de pouvoir croire que Philippa, fille du Roi, puisse véritablement venir à ma rencontre dans cette cale, alors qu'à l'heure actuelle, elle me hait ?

Neven attrape son épée posée dans un coin et s'approche de Philippa.

PHILIPPA
Je vous en prie, réveillez-vous...

NEVEN

Je préfère mourir, tu entends, je préfère mourir que de me faire humilier par toi, créature. Et je préfère qu'elle meure de ma main, plutôt que tu n'utilises son image pour m'ôter à la raison. Qui es-tu alors ? Quel est ton nom ? Est-ce toi que l'on appelle la mort ? Je n'ai pas peur de toi !

PHILIPPA

Je vous en prie, arrêtez ! C'est moi ! Philippa !

NEVEN

Je t'ai dit, ignominie de l'humanité, de cesser !

PHILIPPA

Cela suffit !

NEVEN

Oses-tu véritablement me dire de me calmer ?

Philippa attrape une bouteille qui se trouve à sa portée, et vient frapper Neven, qui titube et tombe.

PHILIPPA

Ne m'approchez plus en me menaçant de la sorte ! Avez-vous donc perdu la raison ?

NEVEN
(rampant au sol)
Ne m'approche pas !

Elle commence à pleurer.

NEVEN
N'était-ce donc pas assez que je la perde et me fasse torturer dans toute ma chair ? Faut-il qu'à la veille de ma mort, tu fasses de nouveau souffrir mon cœur ? Que crois-tu qu'il reste de moi devant la vision de cette femme que tu m'imposes ? Je t'en supplie, cesses cela ! J'accepterai de recevoir la mort par ces hommes plus tôt, si seulement tu arrêtes de faire souffrir le martyre à mon âme !

Philippa s'approche doucement de Neven. Elle se baisse devant elle, puis attrape son visage. Neven attrape son épée, et s'apprête à frapper, lorsque Philippa vient l'embrasser de nouveau. Le Capitaine baisse progressivement son arme.

NEVEN
Philippa ?

PHILIPPA
Depuis le début.

NEVEN
Mais ce n'est pas...

Philippa sort la lettre de sa poche et la met devant les yeux de Neven.

NEVEN
Comment ?

PHILIPPA
Votre second.

NEVEN
Martin ? Où est-il ?

PHILIPPA
Je l'ignore. Mais c'est un homme brave. Et qui vous est dévoué.

NEVEN
Comment êtes-vous entrée ici ?

PHILIPPA
Peu importe, Capitaine. Attelons-nous à sortir désormais.

NEVEN
Pourquoi êtes-vous venue me chercher ?

PHILIPPA

Pour la même raison que je n'ai pas averti mon père de qui vous étiez.

Philippa relève Neven, et l'aide à marcher.

NEVEN

S'il vous plaît, je dois récupérer mes affaires.

Neven renfile son manteau.

PHILIPPA

Nous devrions faire vite. Ils vont rapidement se rendre compte des bruits que nous faisons dans cette cale.

NEVEN

Où m'emmenez-vous ? Je ne peux reprendre ce navire, et je n'ai plus aucun bien.

PHILIPPA

Nous rentrons chez mon père.

NEVEN

Je ne peux pas ! Pas maintenant. Vous voyez que je ne peux paraître comme cela auprès de votre père, pas maintenant que ma véritable identité se répand dans la nature.

PHILIPPA
Le Roi n'a pas été tenu informé de cela, je vous en donne ma
parole. À notre arrivée, je vous confierai aux soins
d'Ermeline, ma confidente. Personne ne saura qui vous êtes.

NEVEN
C'est trop risqué...

PHILIPPA
Et que préférez-vous ? Mourir ici ou vous vider de votre sang
dehors ? Taisez-vous et venez avec moi.

NEVEN
Philippa...

PHILIPPA
Faites-moi confiance.

SCÈNE 6

Amalric, Geoffroy, Frédéric, Arnaud, deux marins.
Port-Roy, province d'Ancourt.
Bureau de Neven.

Les Capitaines sont autour d'une table et boivent. Entrent en
courant les deux marins précédents.

MARIN 1
Capitaines !

MARIN 2
Capitaines !

AMALRIC
Quoi encore ? Ne voyez-vous donc pas que nous sommes
occupés ?

MARIN 1
C'est le... le...

FRÉDÉRIC
Le quoi ?

MARIN 2
Le Cap... le capi...

ARNAUD
Finissez vos phrases nom de dieu ! Le Capitaine ?

FRÉDÉRIC
Quel Capitaine ? Vous voyez bien que nous sommes quatre
ici.

MARIN 1
Non, Capitaine... Il s'agit du Capitaine...

GEOFFROY
Parlez ou je vous jure que j'en tue un de vous deux !

MARIN 2
Le Capitaine Neven s'est échappé.

AMALRIC
(hurlant)
Quoi ?

GEOFFROY
Quand ?

ARNAUD
Bande d'incompétents !

FRÉDÉRIC
Comment avez-vous pu le laisser fuir ?

MARIN 1
Capitaines, il a été secouru.

AMALRIC
Secouru ? Voyez-vous ça. Elle a été secourue alors que vous étiez chargés de garder un œil sur elle ! Alors remuez-vous et dites-moi immédiatement par qui !

MARIN 2
Une femme Monsieur.

AMALRIC
Redites-moi cela ?

MARIN 2
C'était une femme. Nous ne savons pas qui elle est, mais nous avons bien vu que c'était une femme.

GEOFFROY
Allez au diable !

ARNAUD
Nous sommes finis !

FRÉDÉRIC
Et pourquoi ?

ARNAUD
Oh. Je ne sais pas. Peut-être parce que Neven s'est enfui avant que nous le tuions ?

FRÉDÉRIC
La tuions.

ARNAUD
Le, la, qu'en ai-je donc à faire ? Nous avons torturé Neven dans ces cales, et nous l'avons perdu ! Ce n'est qu'une question de temps avant que la garde du Roi ne soit prévenue et que ce soit à notre tour d'approcher de la mort !

AMALRIC
Qu'as-tu dit ?

GEOFFROY
Je vous en supplie, fermez-la tous.

AMALRIC
Non, qu'as-tu dit ?

ARNAUD
J'ai dit que nous allions certainement mourir dans les heures
à venir !

AMALRIC
Avant cela !

FRÉDÉRIC
Que Neven irait certainement prévenir la garde du Roi. Voilà
ce qu'il a dit.

AMALRIC
Eurêka !

GEOFFROY
Eurêka ? Peut-on savoir ce qui te rend soudainement si
joyeux ?

AMALRIC
Que quelqu'un m'apporte du papier et de l'encre !

GEOFFROY
Plaît-il ?

AMALRIC
(aux marins)
Dépêchez-vous !

Les marins sortent de scène, puis reviennent immédiatement avec le matériel.

AMALRIC
Sortez maintenant.

Ils sortent.

ARNAUD
Quel est le plan ?

AMALRIC
Une femme est venue sauver Neven. N'avez-vous donc aucune idée de qui cela peut bien être ?

GEOFFROY
Comment pourrions-nous le savoir ?

AMALRIC
Chers amis, je vous ai dit que le Capitaine voyait une femme. Eh bien, il s'agit de la fille du Roi.

Frédéric recrache sa gorgée.

ARNAUD
C'est impossible !

AMALRIC
Je vous garantis que si. Au-delà même d'être possible, il s'agit de notre échappatoire. Nous allons donc écrire à notre souverain, et lui faire porter cette lettre dès maintenant, en lui expliquant la véritable identité de Neven. Voici notre carte de sortie.

FRÉDÉRIC
Et penses-tu sincèrement que le Roi va croire à cela ?

AMALRIC
Le Roi veille bien trop aux agissements de sa fille pour ne pas faire condamner Neven à mort. Et nous garderons ses biens sans en être inquiétés. Imaginez seulement la rage qui le prendra en apprenant que sa chère fille a été trompée et séduite par une autre femme !

ARNAUD
Dans ce cas, allons-y.

SCÈNE 7

Philippa, Neven, Ermeline, deux gardes.
Port-Roy, province d'Ancourt.
Entrée du château.

GARDE 1
Princesse Philippa ! Que faites-vous ici ? Et qui est-ce ?

PHILIPPA
Vous poserez vos questions plus tard. Allez me chercher
Ermeline !

GARDE 1 ET 2
Bien Madame !

Ermeline paraît quelques instants plus tard.

ERMELINE
Madame ! Que se passe-t-il ?

PHILIPPA
Je t'en supplie, viens m'aider !

Ermeline l'aide à porter Neven.

PHILIPPA
Nous allons tout de suite monter dans ma chambre.

ERMELINE
Madame, il faut prévenir le médecin de Sa Majesté !

PHILIPPA
Surtout pas ! Ermeline, je vais te conter cette histoire en chemin, mais tu ne dois sous aucun prétexte appeler le médecin. Comprends-tu ?

ERMELINE
Oui, Madame.

PHILIPPA
Maintenant, aide-moi à le mener à ma chambre. Tu iras ensuite chercher de l'eau ainsi que des linges afin que nous soignions ses blessures.

Elles sortent.

SCÈNE 8

Philippa, Neven, Ermeline, le Roi, des gardes.
Port-Roy, province d'Ancourt.
Chambre de Philippa.

Neven est allongée sur le lit. Philippa panse ses blessures.
Entre Ermeline avec un plateau de thé.

ERMELINE
J'ai pensé que cela vous ferait du bien.

PHILIPPA
Merci.

ERMELINE
Je n'en reviens pas.

NEVEN
Merci de tenir ce secret. Votre aide m'est précieuse.

ERMELINE

Ainsi, le Capitaine dont vous vous étiez éprise et dont vous me racontiez toutes ces histoires, est une femme.

PHILIPPA

Il m'a fallu moi-même un moment pour me faire à cette idée.

ERMELINE

Mais qu'allez-vous faire désormais ?

NEVEN

Je dois récupérer mon navire, et m'enfuir d'ici. Quatre hommes au port ont connaissance de mon identité. Je dois faire en sorte qu'ils ne parlent pas.

PHILIPPA

Vous allez les tuer ?

NEVEN

Il le faut, ou l'ensemble de ma corporation l'apprendra et je serais finie. Ce sont eux ou moi à présent. Vous imaginez bien ce qui m'attend si la nouvelle vient à se répandre.

ERMELINE

Madame. Il ne reste que peu de temps avant que votre père apprenne que vous cachez quelqu'un ici. Que comptez-vous faire ? Comment allez-vous lui expliquer que Neven de

Carran se trouve dans votre chambre dans cet état et non pas chez le médecin ?

PHILIPPA
Je lui expliquerai que mon rôle de femme m'oblige à prendre moi-même soin de mon futur époux.

ERMELINE
Votre futur époux ?

NEVEN
Votre quoi ?

ERMELINE
Madame ! Mais enfin ! Vous ne pouvez pas épouser une femme !

PHILIPPA
Mais Neven de Carran n'est pas une femme aux yeux du monde.

NEVEN
Puis-je tout de même me questionner quant à...

PHILIPPA
Écoutez. Je comprends que cette nouvelle vous surprenne toutes deux. Mais j'ai choisi. Mon père veut que j'épouse un

homme. Je décide d'épouser l'homme que mon cœur a choisi. Et il l'a choisi lui. Neven, que vous soyez une femme m'importe peu. Je vous ai aimé lorsque vous étiez un homme et vous l'êtes aux yeux de ce monde. C'est donc vous que j'épouserai. N'en déplaise à tes bonnes mœurs, Ermeline.

NEVEN
(après un silence)
J'y consens.

ERMELINE
Quoi ? Madame ! Je ne peux pas vous laisser faire cela !

PHILIPPA
Et pourquoi pas ? Pourrais-tu un instant cesser de penser à tes bonnes manières et comprendre que je n'épouserai que la personne que mon âme a choisie ? N'as-tu aucune conscience de ce que l'on appelle l'amour ? Neven de Carran sera mon époux en public et mon épouse dans l'intimité !

NEVEN
S'il vous plaît, il n'est temps de se battre pour...

ERMELINE
Et vous ? N'êtes-vous donc pas en mesure de lui faire comprendre qu'elle signe ici son arrêt de mort ? Êtes-vous donc si égoïste que vous seriez prête à la traîner dans cette

immondice avec vous ? L'aimez-vous donc vraiment pour la laisser faire une telle erreur ?

NEVEN
Madame, avez-vous conscience que je viens moi-même de l'apprendre ?

ERMELINE
Et n'êtes-vous donc qu'une lâche pour n'oser vous interposer pour son bien et son intégrité ?

PHILIPPA
Il suffit !

ERMELINE
Absolument, Madame. Je ne peux permettre cela.

PHILIPPA
Et que vas-tu donc faire ? L'annoncer à mon père ? Qui penses-tu qu'il croira, lorsque je prendrai tes devants et irai lui annoncer que je décide d'épouser le Capitaine de Carran, fils de condition ?

ERMELINE
Et que ferez-vous après cela, Madame ?

PHILIPPA
Je vivrai.

ERMELINE
Et comment expliquerez-vous, dans un an, voire deux, que
vous n'avez pas d'enfant ?

Silence.

ERMELINE
Dois-je vous rappeler que si votre père souhaite vous marier,
c'est bel et bien pour que vous lui donniez un fils. Comment
donc ferez-vous pour justifier que vous n'en avez pas ?

PHILIPPA
Je...

ERMELINE
Vous ne savez pas ? Je vais vous expliquer ce qu'il se passera
lorsque votre père se rendra compte de vos manigances.

NEVEN
Ne vous donnez pas cette peine.

ERMELINE
Bien au contraire !

NEVEN
Je vous dis que ce n'est pas la peine. Ce qu'il se passera sera rapide et sans échappatoire. Elle mourra.

ERMELINE
Et vous mourrez aussi.

NEVEN
Peu m'importe de mourir.

PHILIPPA
Nous trouverons bien comment...

NEVEN
Philippa. Aussi belle que puisse être cette histoire que vous me contez, elle ne pourra se réaliser.

PHILIPPA
Très bien.

Philippa se lève et se dirige vers la porte.

PHILIPPA
Neven de Carran, je vous choisis comme époux légitime et m'en vais l'annoncer à mon père.

NEVEN ET ERMELINE
Non !

PHILIPPA
En tant que fille du Roi, il est en mon pouvoir de décider de l'issue de cette discussion. Ermeline, je me rappellerai que tu as été loyale jusqu'au bout. Mais c'est à moi seule de décider de ma vie, si courte puisse-t-elle être une fois que j'aurai franchi cette porte.

NEVEN
Je vous en prie, ne faites pas cela. Vous laisser passer cette porte revient à vous condamner. Je ne peux endurer votre mort. Surtout pas par ma faute.

PHILIPPA
Votre faute aura été d'exister en ce monde et s'arrête ici. Désormais, vous qui m'aimez, êtes-vous prête à mourir avec moi ?

Silence.

NEVEN
Vous m'avez demandé si une femme me ferait un jour rester à terre. Dans ma lettre je vous répondais que oui. Cette réponse, Madame, a déjà scellé mon sort. En acceptant de vous aimer, j'ai accepté de mourir. Alors oui, si vous vous le demandez, je suis depuis longtemps prête à vous donner

mon âme. Mais avant de vous prêter serment, laissez-moi donc faire cela dans les règles.

Neven se lève du lit, remet son épée à son côté et vient poser un genou au sol.

NEVEN
Philippa. Aujourd'hui, je vous fais la promesse de vous suivre jusque dans la mort. Par ces paroles, je lie mon destin au vôtre, quelle qu'en soit l'issue. Que la terre m'en soit témoin, je fais ici vœux de vous protéger au péril de ma vie, de vous aimer et de vous chérir le temps que votre cœur battra dans votre poitrine. Philippa, me feriez-vous l'honneur de m'épouser ?

PHILIPPA
Neven de Carran, j'ajoute mes prières aux vôtres et y consens de tout cœur.

Philippa aide Neven à se relever, lorsque des gardes entrent sur scène, suivis par Roi.

PHILIPPA
Père ?

LE ROI
Que signifie cette mascarade ?

PHILIPPA

Père, je m'en allai justement vous chercher.

LE ROI

Peux-tu m'expliquer ce qu'il se passe ici ?

PHILIPPA

La nouvelle que je me venais vous conter vous apportera joie et réponses à cette situation qui, je le conçois, peut-être quelque peu déstabilisante. J'ai choisi. J'épouserai Monseigneur de Carran.

Silence.

PHILIPPA

Père ?

LE ROI

Pourquoi ?

PHILIPPA

Eh bien... Il est le fils d'un grand Seigneur. C'est un homme de condition, comme ceux que vous m'aviez présentés. Mais surtout... Mon cœur a choisi. Nous avons appris à nous connaître. C'est donc lui que je souhaite épouser.

NEVEN
Philippa…

LE ROI
Soit.

Philippa bondit de joie en direction de Neven.

LE ROI
Arrêtez-les.

Les gardes les arrêtent.

PHILIPPA
Père ! Qu'est-ce que cela signifie ?

LE ROI
On m'a fait parvenir une lettre ce matin, m'indiquant qu'une femme, qui se déguisait en homme, s'était certainement introduite dans ma demeure.

PHILIPPA
Vous faites fausse route !

LE ROI
Et que cette femme avait eu le cran de conquérir le cœur de ma fille, afin de souiller mon nom.

PHILIPPA
Père ! Arrêtez ! Neven de Carran est un homme ! Ce n'est pas lui !

LE ROI
Mais surtout, cette lettre affirmait que cette femme, qui m'avait ainsi trompé, à qui j'avais donné ma confiance et qui a trahi son Roi, n'était autre que Neven de Carran, Capitaine de L'Eleftheria et transporteur de vin.

PHILIPPA
Non ! Non !

LE ROI
(s'approchant de Neven)
Quel dommage que votre père soit encore en vie et en mesure de m'informer qu'il n'a qu'un seul fils, âgé de six ans aujourd'hui. Il a été surpris d'apprendre que sa fille était devenue un homme après sa disparition.

PHILIPPA
Père, je vous en supplie !

LE ROI
Comment as-tu pu ? Je t'ai élevée et <u>donné</u> l'éducation qui convient à ton rang. Mais tu as sali notre image. L'image de ta mère.

PHILIPPA
Ne me parlez pas de maman.

LE ROI
Comment ai-je pu être un père aussi naïf et te laisser le temps de choisir ton prétendant ? N'ai-je donc été un Roi aimant que pour que tu me trompes ainsi ?

PHILIPPA
Et vous, Monsieur, comment pouvez-vous prétendre agir en père lorsque vous menacez votre fille de n'en faire rien d'autre qu'un gibier de chair afin qu'elle vous donne un fils ?

LE ROI
C'est ce qu'il adviendra de toi à partir de maintenant. Je veillerai personnellement à ce que ma descendance soit pure.

NEVEN
Non ! Ne la touchez pas !

LE ROI
Maintenant, Philippa, tu me donneras un fils et ce fils sera mien. Après quoi tu mourras.

PHILIPPA
Père... vous ne pouvez pas...

LE ROI

Je redorerai l'image de notre maison que tu as déshonoré.

NEVEN

Approchez-vous d'elle, Monseigneur, et je vous ferai payer
ce crime !

LE ROI

Qui es-tu, puterelle ? As-tu cru pouvoir menacer ton Roi ?

Le Roi frappe Neven.

LE ROI

Voici pourquoi tu n'es pas un homme.

NEVEN

Faut-il donc être fort de ses poings pour montrer tant de
faiblesse d'âme ?

Il lui assène un second coup.

LE ROI

Emmenez ces catins aux cachots. L'une dans la Tour Est,
l'autre la Tour Nord. Celle-ci sera exécutée dans cinq jours
devant le peuple, lors d'une grande réception. Quant à ma
fille, faites en sorte qu'elle soit en condition pour faire naître
le fils que je lui donnerais.

Les gardes les emmènent.

NEVEN

Je vous interdis de toucher ne serait-ce qu'à un de ses cheveux ! Vous m'entendez ? Je vous retrouverai et vous ferai pourrir sur l'autel de Dieu si vous osez poser la main sur elle !

LE ROI
Nous en reparlerons à votre exécution.

PHILIPPA
Neven ! Neven !

À l'autre bout de la salle, Ermeline est tétanisée.

LE ROI
Vous étiez censée donner à ma fille une éducation digne d'une Reine.

ERMELINE
Je... Monseigneur je...

LE ROI
Vous êtes relevée de vos fonctions.

Il la tue.

SCÈNE 9

Neven, le Roi, Philippa, le bourreau, un homme, une foule.

Port-Roy, province d'Ancourt.
Place centrale.

L'HOMME
Par ordre de Sa Majesté le Roi, le peuple est invité à se regrouper aujourd'hui afin d'assister à l'exécution de la traîtresse Neven de Carran.

Pendant la lecture de l'ordre d'éxécution, Neven est menée à l'échafaud.

L'HOMME
Neven de Carran est accusée en ces mots : de trahison, déguisement, travestissement, sorcellerie et envoûtements contraires à nos lois divines. Par conséquent, elle sera exécutée ici et libérée de ses péchés. Puisse Dieu avoir pitié de votre âme.

Neven est mise à genoux devant le public.

L'HOMME
Notre Père, aie pitié de nous mortels et rappelle cette abomination, honte des Hommes, auprès de toi, afin de la punir à hauteur de ses péchés.

Neven commence à réciter une suite de mot presque inaudible.

NEVEN
Τότε η αγάπη, ένα νεαρότερο παιδί, εισήλθε στον Ανακράοντα και έσπασε την καρδιά του.[1]

Le bourreau lève son arme pour abattre Neven. Philippa entre sur scène.

PHILIPPA
Arrêtez !

La foule, surprise, commence à chuchoter. Deux gardes courent après la princesse.

NEVEN
Philippa ?

---

1 « *Tóte i agápi, éna nearótero paidí, eisílthe ston Anakráonta kai éspase tin kardiá tou* » : « *Alors l'amour, jeune enfant ailé, entra chez Anacréon et lui pourfendit le cœur.* »

L'HOMME
Madame, par ordre du Roi...

PHILIPPA
Je ne connais que trop bien les ordres du Roi.

GARDE 1
Votre Altesse, veuillez nous suivre.

GARDE 2
Nous devons...

PHILIPPA
Vous devez ? Savez-vous ce que vous devriez vraiment faire ? Retrouver votre humanité ! Vous êtes tous et toutes rassemblés ici afin d'assister à l'exécution de cette femme et vos regards avides de sang glacent mon âme. N'avez-vous donc pour seul plaisir que de voir la mort et la brutalité ? Où avez-vous donc rangé votre conscience ? Votre pardon et votre tolérance ? N'avez-vous donc que vos bouches pour dicter vos beaux discours et non un cœur pour les appliquer ? Pouvez-vous donc regarder cette injustice se tenir sous vos yeux sans rien faire ? Je suis Philippa, fille du Roi et j'aime cette femme. Oui, regardez-moi avec vos yeux désapprobateurs. Vous n'aurez pas raison de mon cœur. Vous êtes que spectateurs de la cruauté. Et votre silence fait de vous des bourreaux. Mon cœur s'est lié à cette femme. Je ne peux rien y faire. Car notre cœur joue sa mélodie sans

nous. Sans votre accord. Qui êtes-vous pour briser cela ?
Vous tous, je vous regarde et je vous vois prêts à laisser la
mort s'abattre sur une femme qui aime et qui est aimée. Une
femme que j'aime. Êtes-vous donc dans le cœur de chacun
pour penser et décider à sa place ? Je me fiche que cet amour
ne vous soit pas légitime. Tant qu'il fera battre à l'unisson
ces deux cœurs, peu m'importe. Tuez-en un, le second
s'épuisera aussitôt. Tuez Neven de Carran et vous tuerez la
fille de votre Roi. Père, c'est à vous que je m'adresse
désormais. Peut-être avez-vous pris mon corps comme étant
vôtre, mais vous n'aurez pas mon âme. Tuez-la et vous me
tuerez moi aussi. Je ne serai plus votre bien désormais.
Faites abattre cette hache sur son cou et je vous garantis que
je ne vous donnerai pas ce fils que vous cherchez tant. Je
combattrai le feu de votre enfer à y laisser ma vie. Libérez-la,
ou perdez tout ce que vous avez toujours désiré.

*Philippa sort un poignard et le place sous sa gorge. Le Roi se
lève.*

NEVEN
Philippa, non !

PHILIPPA
Vous ne serez plus maître de ma vie. Tout cela est terminé.
J'ai cru, père, que vous aviez un jour cru en l'amour.
Comment ai-je pu tant me tromper ? Vous êtes un animal.
Mais vous n'aurez jamais tout de moi. Vous êtes mort pour

mon cœur. Neven de Carran y vit à votre place. À vous de décider désormais.

LE ROI
Je n'ai que faire de ta vie.

Philippa met le couteau devant son ventre.

PHILIPPA
Dans ce cas, vous n'en aurez que faire si j'arrache moi-même les tripes de ce ventre !

LE ROI
Poses cette arme immédiatement !

PHILIPPA
Vous n'êtes pas en position de donner des ordres.

LE ROI
Que veux-tu, sorcière ?

PHILIPPA
Libérez Neven de Carran.

Silence.

LE ROI
Relevez cette femme. Retirez-lui ses liens.

La foule s'indigne.

L'HOMME
Monseigneur...

LE ROI
(dédaigneux)
Il suffit ! Aujourd'hui, nos bonnes mœurs sont mises à rude
épreuve face à ce sentiment qui nous dépasse tous. L'amour
qui unit deux êtres l'un à l'autre. Il vient un temps où un Roi
doit prendre la bonne décision. La décision juste. Celle qui
incombe non pas à sa fonction, mais bel et bien à son cœur.
Ainsi, j'acquitte Neven de Carran. Je décide, par geste non
pas de compassion, mais d'amour pour ma fille, de lui laisser
la vie. Neven de Carran, vous êtes bannie de cette terre.
Profitez de votre vie loin d'ici. Quand à toi, Philippa. J'ai
entendu ce discours que tu as tenu à cette assemblée. Suis
ton cœur. S'il appartient à cette femme, alors soit. Le choix te
revient. Rappelle-toi de la clémence de ton père.

PHILIPPA
Merci, père.

Neven attrape la main de Philippa.

NEVEN
Partons, Philippa. Maintenant.

Elles partent en courant.

L'HOMME
Messieurs dames, nous assistons à un grand moment de bonté et d'amour. Que cette leçon de notre Roi résonne à nos oreilles, et qu'il nous apprenne la compassion. Aujourd'hui...

LE ROI
Gardes ! Retrouvez ces deux femmes. Et tuez-les. Je veux voir leurs corps pendre à la porte du château ce soir.

SCÈNE 10

Neven, Philippa.
Port-Roy, province d'Ancourt.

Neven et Philippa courent. Philippa, épuisée, peine à suivre.

PHILIPPA
Neven, attendez ! S'il vous plaît, je n'en peux plus !

NEVEN
Dépêchez-vous ! Nous n'avons plus beaucoup de temps !

PHILIPPA
Mais pourquoi courons-nous ? Mon père...

NEVEN
Votre père a fait preuve de bonté, mais a certainement ordonné à ses hommes de nous arrêter après cela ! Votre discours a eu un effet sur le peuple, et il ne pouvait alors me faire exécuter. Mais sa bonté a des limites. Il va désormais me faire tuer hors de la vue de tous ces gens et faire croire

que je suis bel et bien parti en exil. Ce n'est qu'une question de temps avant que vous y passiez-vous aussi.

PHILIPPA
Je ne veux pas croire à cela...

NEVEN
Pensez-vous qu'il y ait encore du bon dans votre père ?

Silence.

PHILIPPA
Vous avez raison. Allons-y. Je pars avec vous.

NEVEN
En êtes-vous sûre ?

PHILIPPA
Pensez-vous réellement qu'il y ait une autre solution ?

NEVEN
Mon amour, si vous partez avec moi, je ne peux vous assurer une vie décente. À partir du moment où je récupérerai mon navire et prendrais la mer, je ne pourrai plus commercer légalement. Philippa. Si vous mettez un pied sur l'Eleftheria

avec moi, vous deviendrez une pirate. Seriez-vous prête à cette vie ?

PHILIPPA
Mais qu'ai-je donc comme alternative ? Rester ici sans vous ? Laisser mon père m'assassiner à petit feu et jouir de mon corps jusqu'à obtenir ce qu'il veut ? Pensez-vous qu'une vie de piraterie ne serait pas meilleure pour moi ?

NEVEN
Je ne sais que dire. C'est à vous que revient cette décision.

PHILIPPA

Et elle est déjà prise. Laissez-moi fuir avec vous. N'oubliez pas que vous avez promis de m'épouser.

NEVEN
Dans ce cas, allons-y.

INTERLUDE DE L'AUTEUR

Quelle force redoutable que celle du destin.
En un simple instant, tout peut basculer.

Il est désormais temps pour vous, lectrices, lecteurs,
de faire un choix.
Un choix qui scellera les destins de Neven et de Philippa.
Un choix qui vous mènera vers un chemin encore inconnu.

À vous de décider ce qu'il adviendra aux personnages de
notre histoire... ainsi qu'à l'histoire en elle-même.

Suivez la temporalité άλφα[2] en page 260.
Suivez la temporalité βῆτα[3] en page 270.

---

2   Alpha
3   Beta

ACTE IV

άλφα

Neven, Philippa, Martin, l'équipage, le Roi, des gardes.
Port-Roy, province d'Ancourt.

Port.

Neven et Philippa arrivent au port et tombent nez à nez avec
Martin et les marins.

NEVEN
Martin !

Martin court vers elle.

MARTIN
Capitaine ! Vous êtes vivante ! Je le savais !

NEVEN
Oui, mais pas pour longtemps. Qu'en est-il de mon navire ?

MARTIN
De nouveau entre vos mains Capitaine !

NEVEN
Comment as-tu fait ?

MARTIN
Oh vous savez, Amalric et ses hommes ont appris votre exécution et n'auraient pour rien au monde manqué cela ! Nous en avons donc profité pour récupérer le navire.

NEVEN
N'avaient-ils pas laissé des membres d'équipage à bord ?

MARTIN
Vous vous doutez bien que si.

NEVEN
Et alors ?

MARTIN
Une moitié fait désormais partie du vôtre. Il a suffi que les hommes vantent vos mérites. L'autre partie est malencontreusement morte.

NEVEN
Martin, aurais-je pu rêver d'un meilleur second que toi ?

MARTIN
Bon retour chez vous Capitaine !

Martin tend son épée à Neven.

NEVEN
Ne tardons pas alors. Nous avons une armée à nos trousses.

MARTIN
L'Eleftheria est à vous. Nous faisons voile à votre ordre.

NEVEN
Chargez les cargaisons qui peuvent encore l'être et hissez les voiles, nous partons dans la minute.

MARTIN
Bien Capitaine !

Il sort.

NEVEN
Montez à bord Madame, vous y serez plus en sécurité qu'ici. Je vais terminer de charger la cargaison avec mes hommes et vous rejoins au plus vite.

PHILIPPA
Je ne veux pas vous savoir en danger. Je reste ici.

NEVEN

La garde de votre père ne va pas tarder à arriver. Je refuse de vous faire courir un tel risque. Vous comprenez ?

PHILIPPA

Nous avions dit jusque dans la mort.

NEVEN

Je vous en prie.

PHILIPPA

Ce n'est pas à vous de décider.

Les gardes entrent sur scène.

GARDE 1

Au nom de Sa Majesté, lâchez votre arme et veuillez nous suivre !

NEVEN

Vous arrivez trop tard messieurs. Nous partons.

GARDE 2

Pas un geste !

NEVEN

Du calme. Discutons, voulez-vous ?

GARDE 3
Vous allez nous suivre et répondre de vos actes !

MARTIN
(revenant sur scène avec d'autres marins)
Et de quels actes voulez-vous donc que notre Capitaine
réponde, messieurs ?

GARDE 4
Est-ce une rébellion ?

MARTIN
Tout dépend de vous, est-ce une arrestation ?

GARDE 3
C'en est une.

MARTIN
Alors c'est une rébellion.

GARDE 1
Une dernière fois, baissez vos armes.

Entre le Roi.

PHILIPPA
C'est donc ainsi, père ?

LE ROI
Pensais-tu réellement t'en sortir comme ça et fuir avec cette
traînée ?

PHILIPPA
Vous arrivez trop tard.

Elle se tourne vers Martin.

PHILIPPA
Monsieur, en tant que second de Neven de Carran, puis-je
vous demander de procéder au mariage de votre Capitaine
sur le champ ?

MARTIN
Madame, avec son accord, je le peux en effet.

NEVEN
En ce cas Martin, c'est à toi de jouer.

LE ROI
Comment oses-tu ?

PHILIPPA
Ne pensez pas toujours avoir un coup d'avance sur une
femme amoureuse, père.

LE ROI
Tuez-les ! Tuez-les avant que ne se provoque cette ignominie
!

*Un combat entre les marins de Neven et les gardes du Roi se
lance.*

MARTIN
En tant que second de ce navire, il est en mon pouvoir d'unir
mon Capitaine, Neven de Carran, à la Princesse Philippa,
toutes deux ici présentes. Comme la situation ne me permet
pas de longs détours, nous allons aller au plus simple.
Princesse Philippa, consentez-vous à prendre pour épouse
Neven de Carran, de l'aimer et de la chérir jusque dans la
mort, bien que celle-ci puisse arriver plus rapidement que
prévu ?

PHILIPPA
J'y consens !

LE ROI
Philippa !

MARTIN
Et vous, Neven de Carran, consentez-vous à prendre pour
épouse la Princesse Philippa, de l'aimer et de la chérir jusque
dans la mort bien que celle-ci puisse arriver dans quelques
instants ?

NEVEN
J'y consens !

Le combat prend fin alors que tous les gardes sont assommés par terre, ou morts. Dans un dernier geste, Neven maîtrise l'échange contre le Roi, le désarme et tient en garde. Philippa s'approche de lui.

PHILIPPA
Je vous ai aimé, père. Je vous ai aimé comme une fille, comme une confidente. Je vous ai aimé comme ma mère a pu vous aimer. Mais vous êtes un lâche. Un monstre. Et ce monde n'a pas de place pour les monstres. Retenez bien l'image de votre fille à cet instant, debout devant vous. Et repensez à toutes ces horreurs que vous lui avez fait subir. Regardez-moi et repensez à vos gestes. À votre sexe dans le mien. À votre masse sur la mienne. À mes pleurs. Les pleurs de votre fille face au crime de son père. N'oubliez pas ces images gravées au cœur de vous-même. Faites face à la bête enfouie à l'intérieur de vous. Regardez-la bien en face.

Elle plante son épée dans le cœur de son père.

PHILIPPA
Je vous pardonne.

FIN.

ACTE IV

βῆτα

Neven, Philippa, Martin, l'équipage, le Roi, des gardes.
Port-Roy, province d'Ancourt.

Port.

Neven et Philippa arrivent au port et tombent nez à nez avec Martin et les marins.

NEVEN
Martin !

Martin court vers elle.

MARTIN
Capitaine ! Vous êtes vivante ! Je le savais !

NEVEN
Oui, mais pas pour longtemps. Qu'en est-il de mon navire ?

MARTIN
De nouveau entre vos mains Capitaine !

NEVEN
Comment as-tu fait ?

MARTIN
Oh vous savez, Amalric et ses hommes ont appris votre exécution et n'auraient pour rien au monde manqué cela ! Nous en avons donc profité pour récupérer le navire.

NEVEN
N'avaient-ils pas laissé des membres d'équipage à bord ?

MARTIN
Vous vous doutez bien que si.

NEVEN
Et alors ?

MARTIN
Une moitié fait désormais partie du vôtre. Il a suffi que les hommes vantent vos mérites. L'autre partie est malencontreusement morte.

NEVEN
Martin, aurais-je pu rêver d'un meilleur second que toi ?

MARTIN
Bon retour chez vous Capitaine !

Martin tend son épée à Neven.

NEVEN
Ne tardons pas alors. Nous avons une armée à nos trousses.

MARTIN
L'Eleftheria est à vous. Nous faisons voile à votre ordre.

NEVEN
Chargez les cargaisons qui peuvent encore l'être et hissez les voiles, nous partons dans la minute.

MARTIN
Bien Capitaine !

Il sort.

NEVEN
Montez à bord Madame, vous y serez plus en sécurité qu'ici. Je vais terminer de charger la cargaison avec mes hommes et vous rejoins au plus vite.

PHILIPPA
Je ne veux pas vous savoir en danger. Je reste ici.

NEVEN

La garde de votre père ne va pas tarder à arriver. Je refuse de vous faire courir un tel risque. Vous comprenez ?

PHILIPPA

Nous avions dit jusque dans la mort.

NEVEN

Je vous en prie.

PHILIPPA

Ce n'est pas à vous de décider.

Les gardes entrent sur scène.

GARDE 1

Au nom de Sa Majesté, lâchez votre arme et veuillez nous suivre !

NEVEN

Vous arrivez trop tard messieurs. Nous partons.

GARDE 2

Pas un geste !

NEVEN

Du calme. Discutons, voulez-vous ?

GARDE 3
Vous allez nous suivre et répondre de vos actes !

MARTIN
(revenant sur scène avec d'autres marins)
Et de quels actes voulez-vous donc que notre Capitaine
réponde, messieurs ?

GARDE 4
Est-ce une rébellion ?

MARTIN
Tout dépend de vous, est-ce une arrestation ?

GARDE 3
C'en est une.

MARTIN
Alors c'est une rébellion.

GARDE 1
Une dernière fois, baissez vos armes.

Entre le Roi.

PHILIPPA
C'est donc ainsi, père ?

LE ROI
Pensais-tu réellement t'en sortir comme ça et fuir avec cette
traînée ?

PHILIPPA
Vous arrivez trop tard.

Elle se tourne vers Martin.

PHILIPPA
Monsieur, en tant que second de Neven de Carran, puis-je
vous demander de procéder au mariage de votre Capitaine
sur le champ ?

MARTIN
Madame, avec son accord, je le peux en effet.

NEVEN
En ce cas Martin, c'est à toi de jouer.

LE ROI
Comment oses-tu ?

PHILIPPA
Ne pensez pas toujours avoir un coup d'avance sur une
femme amoureuse, père.

LE ROI

Tuez-les ! Tuez-les avant que ne se provoque cette ignominie
!

Un combat entre les marins de Neven et les gardes du Roi se
lance.

MARTIN

En tant que second de ce navire, il est en mon pouvoir d'unir
mon Capitaine, Neven de Carran, à la Princesse Philippa,
toutes deux ici présentes. Comme la situation ne me permet
pas de longs détours, nous allons aller au plus simple.
Princesse Philippa, consentez-vous à prendre pour épouse
Neven de Carran, de l'aimer et de la chérir jusque dans la
mort, bien que celle-ci puisse arriver plus rapidement que
prévu ?

PHILIPPA

J'y consens !

LE ROI

Philippa !

MARTIN

Et vous, Neven de Carran, consentez-vous à prendre pour
épouse la Princesse Philippa, de l'aimer et de la chérir jusque
dans la mort bien que celle-ci puisse arriver dans quelques
instants ?

NEVEN

J'y cons...

Une lame vient transpercer le torse de Neven. Philippa, horrifiée, reste tétanisée tandis qu'elle tombe à genoux.

PHILIPPA

Neven !

Elle se jette auprès de Neven.

PHILIPPA

Mon amour, restez avec moi !

Le roi rit.

PHILIPPA

Regardez-moi !

LE ROI

As-tu véritablement cru pouvoir échapper à ton père par tes manipulations ridicules ? C'est terminé, Philippa. Tu ne peux pas gagner contre moi. Tu n'aurais jamais pu. Cette traîtresse a payé pour ses crimes. Il est temps pour toi de répondre de tes actes. Justice est rendue et l'ordre rétabli. Tu ne souilleras pas plus mon nom. Avoue ta défaite et passe donc le restant de ta vie à faire pardonner tes péchés.

Neven tente de prononcer quelque chose, mais s'effondre, morte. Philippa, en pleurs, est prise de rage. Elle ramasse l'arme de Neven et se jette au cou son père, plaçant la lame sous sa gorge.

PHILIPPA
Je vous ai aimé, père. Je vous ai aimé comme une fille, comme une confidente. Je vous ai aimé comme ma mère a pu vous aimer. Mais vous êtes un lâche. Un monstre. Et ce monde n'a pas de place pour les monstres. Retenez bien l'image de votre fille à cet instant, debout devant vous. Et repensez à toutes ces horreurs que vous lui avez fait subir. Regardez-moi et repensez à vos gestes. À votre sexe dans le mien. À votre masse sur la mienne. À mes pleurs. Les pleurs de votre fille face au crime de son père. N'oubliez pas ces images gravées au cœur de vous-même. Faites face à la bête enfouie à l'intérieur de vous. Regardez-la bien en face.

Elle plante son épée dans le cœur du Roi.

PHILIPPA

Vous avez tué la femme que j'aimais et devrez en répondre devant Dieu. Sachez père, que j'ai toujours eu quelque chose que vous n'aurez jamais : de l'humanité. Je ne suis pas comme vous.

LE ROI

Je te déteste.

Le Roi commence à tomber à la renverse. Philippa l'accompagne au sol. Celui-ci plante alors son arme dans le cœur de sa fille.

PHILIPPA

Et moi, je vous pardonne.

Ils s'effondrent tous les deux morts.

FIN.

L'AUTEUR

William Debrock est metteur en scène, dramaturge et romancier.

En 2016, il fonde la compagnie Les Richarléptiques, avec laquelle il donne vie à ses créations scéniques, entouré d'une équipe de comédiens et de comédiennes de tous horizons.

À travers ses écritures et ses mises en scène, il défend une vision du théâtre qui embrasse pleinement la fiction et croise différentes influences. Puisant autant dans le théâtre classique que dans la littérature de l'imaginaire (science-fiction, fantasy, heroic fantasy et leurs sous-genres), il s'attache à développer des récits captivants où les formats se mêlent pour donner naissance à des univers uniques et immersifs.

LA COMPOSITRICE

Elta Rosel est une compositrice spécialisée dans la bande originale de mises en formes scéniques. Autodidacte, elle se forme dans un premier temps à la guitare, avant de s'atteler à la MAO et ainsi de découvrir la possibilité d'arrangements complexes. Inspirées par Ramin Djawadi et Marcin Przybyłowic, ses compositions se caractérisent par des ostinati et une structuration rappelant la musique populaire, et les bandes originales d'heroic fantasy.

L'ILLUSTRATRICE

C'est à l'âge de deux ans que Morgane Roullon prend son premier cours de dessin, apprentissage qu'elle poursuit jusqu'à ses dix-huit ans. Après des études en design graphique, elle a voyagé en Australie avec son compagnon, pour finalement revenir en France et arrêter de prendre l'avion. Ils ont vécu deux ans en fourgon aménagé, découvrant les différents massifs montagneux de France, pour ensuite se sédentariser en vivant dans une tiny house. La créativité a toujours été présente dans sa vie. Son quotidien est rythmé par l'écriture de sa fantasy écologique, ses illustrations et l'organisation de leur vie qu'ils visent la plus autonome possible.

Aujourd'hui, elle se forme à la culture de plantes médicinales et aromatiques, tout en continuant à écrire et dessiner.

PAR LE MÊME AUTEUR

Cour et Jardin, volume 1
Cinq pièces de théâtre jeunesse

Le cabinet des souvenirs
Pièce de théâtre jeunesse

© William Debrock, 2025

Illustration : © Morgane Roullon, 2025

Couverture et quatrième de couverture : © Elta Marquet, 2025

Composition musicale : © Elta Rosel, 2025

Édition : BoD · Books on Demand, 31 avenue Saint-Rémy, 57600 Forbach, bod@bod.fr

Impression : Libri Plureos GmbH, Friedensallee 273, 22763 Hamburg (Allemagne)

ISBN : 978-2-3225-7202-1

Dépôt légal : Juin 2025